대통령님, 정치하겠습니다

대통령님, 정치하겠습니다

장철영 지음

모아북스
MOABOOKS

저에게 가장 사무치는 기억을 꼽으라면 역시 노무현 대통령님의 서거입니다. 봉하마을 입구에서 대통령님의 관을 실은 운구차가 제 앞으로 다가왔을 때 저는 울부짖으며 이렇게 말했습니다.

"대통령님, 촬영하겠습니다."

이 말은 저에게 늘 경구(警句)가 되었습니다. 일에 치여 흐리멍덩해진 날, 대체 뭐하며 살고 있는지 모르겠는 날, 여의도 정치에 분통이 터져 자신을 책망하는 날이면 이 말이 죽비처럼 다시 저를 찾아오곤 했습니다. 제가 대통령님을 모시면서 보고 배우고 깨달은, 저에게는 교과서나 참고서와 다르지 않은 자료가 50만 컷이 넘으니 당연한 일입니다.

대통령님을 떠나보낸 뒤로 세월은 쏜살같이 흘렀습니다. 2024년 올해 벌써 15주기를 맞습니다.

그동안 정치는 길을 잃었습니다. 저들끼리 싸움박질하는 정치, 왜 싸우는지도 모르겠는 정치, 내 삶과 도무지 무관한 정치……. 한 마디로, 정치가 죽어가고 있습니다.

제가 일산에 뿌리를 내린 지 20년입니다. 그동안 일산도 길을 잃었습니다. 그때나 지금이나 일산은 '서울의 위성도시' 라는 굴레를 벗어나지 못했습니다. 부가가치 높은 산업은 수원, 용인, 화성, 동탄, 파주로 갔습니다. 일은 서울에서 하고 잠잘 때만 돌아오는 베드타운입니다. 일산의 미래는 어떻게 될까요? 베드타운 외에는 아무도 모릅니다.

그동안 일산의 국회의원은 얼굴만 조금 바뀌었을 뿐 중앙정치에만 몰두하는 양태는 여전합니다. 일산의 지역구는 여전히 중앙정치의 발판일 뿐입니다. 시민이 원하는 게 무엇인지, 일산의 미래를 물어보는 국회의원을 본 기억이 없습니다. 대신, 현수막만 열심히 전신주에 나부낍니다. 현수막은 시민과 대화하지 못합니다.

죽어가는 정치가 아니라 '진짜 정치' 가 필요합니다. 앞날이 캄캄한 정치가 아니라 시민의 바람을 담은 정치가 필요합니다. 그래서 저는 "우리, 정치합시다" 라고 얘기합니다. 우리의, 우리가 하는, 우리를 위한, 우리가 즐거운, 우리에게 유익한 정치말입니다.

일산이 오랜 정체에서 벗어나려면 정치가 큰 역할을 해야 합니다. 무엇보다 일산의 미래를 고민하는 정치, '일산중심주의' 가 필요합니다. '일산희망관리본부' 라도 만드는 정치인이 필요합니다. 그래서 저는 "일산일등주의자들이 함께합시다"라고 얘기합니다.

미래가 현재를 결정합니다. 그러니 우리가 일산의 미래를 결정합시다. 함께 만들어야 힘이 셉니다. 시민의 바람(希望)을 일산의 바람(風)으로 만듭시다. 우리가 '바람'이 됩시다. 일산에 사는 게 여유이고, 희망이고, 위로가 되는 시대를 우리가 만들자고 말합니다.

저의 이런 소망은 저만의 것이 아닙니다. 대통령님으로부터 보고 배운 것이기도 합니다. 아니, 세상을 염려하는 시민들이라면 누구나 가진 것입니다. 함께하면 더 가벼워질 것입니다.

대통령님을 떠나보내고 15년이 흐른 지금, 그동안 쌓인 이야기를 책으로 엮었습니다. 글을 쓰다가 많은 대목에서 손을 멈추었습니다. 여전히 아물지 않은 여러 감정이 들끓어서 그랬습니다. 대통령님은 지금 안 계시지만 제 옆을 아주 멀리 떠나지는 않았다는 느낌도 들었습니다. 그래서 앞으로는 이렇게 말하겠습니다.

"대통령님, 정치하겠습니다."

2023년 12월 일산의 온돌행정사 사무실에서
장철영 씀

봉하에서 해돋이 2020년 1월

차례

3장 대통령님, 촬영하겠습니다

4장   무엇을, 어떻게 할 것인가?

 5장   못다한 이야기 1

6장 **못다한 이야기 2 '뮤비' 와 '뮤슬'**

제가 노무현 대통령님을 가장 가까이서 수행하기까지는 우여곡절이 좀 있었습니다. 오래전부터 노무현 의원을 좋아했어도 저는 사진기자여서 일정한 거리를 유지해야만 했습니다. 그래도 굳이 인연을 찾자면 '노무현 대통령 후보 배우자' 였던 권양숙 여사와의 만남이 공적인 취재의 시작이었습니다.

1장

노무현 대통령과
인연이 닿기까지

2007년 3월 19일

그날은 월요일이었습니다. 저는 꼭두새벽부터 종종걸음이었습니다. 보통은 6시 30분쯤 출근하는데 그날은 1시간이나 일찍 청와대 관저로 '출동' 했습니다. 소회의실 앞에서 소위 '뻗치기'를 하면서 노무현 대통령님을 기다렸지요. 오늘은 하늘이 두 쪽 나더라도 아침 회의 사진을 찍을 작정이었습니다.

저의 영원한 대통령 노무현 님은 아무리 힘들어도 새벽 6시 이전에 일어나서 보고서를 검토했습니다. 보통 7시에는 회의가 잡혀 있으니 그랬습니다. 대통령 관저와 집무실이 걸어서 5~10분 거리에 가까이 있어야 하는 이유입니다. 9시 정상근무 들어가기 전에 그날 할 일의 대강을 먼저 갖추는 것이지요. 새벽 회의 없이 지나가는 날은 하루도 없었던 것 같습니다.

'아, 진짜 대통령은 아무나 하는 게 아니구나…….'

그렇게 느꼈습니다. 당시 30대 중반의, 어릴 적부터 유도로 단련된 팔팔한(?) 저도 지칠 정도였으니까요.

회의 시간이 다가오자 부속실 당직 근무자들이 나와 회의 준비를
하느라 분주했습니다. 선배 한 분이 저를 발견하고는 놀라서 입을
딱 벌리더군요. 금방 이마에 주름이 잡히고 눈초리가 올라갔습니다.

"장철영! 너 정말 이럴 거냐? 아침 회의는 안 된다고 몇 번이나 말
했잖아. 다른 회의 들어가서 촬영하라니까!"

행정관 선배가 언성을 높였지만 저는 입을 꾹 닫고 못 들은 척했습
니다. 저는 그 선배가 몇 번이나 거절한 것보다 수십 배나 더 매달리
고 사정했거든요. 특정한 공간과 시간이 빚어내는 순간을 포착하는
게 사진이라는 것을 입이 닳도록 설명했는데도 모른 체하니 어쩔 수
없었습니다. 4년 가까이 매달렸으니 저로서도 기다릴 만큼 기다린
셈이지요.

수석비서관들이 먼저 소집무실로 들어갔고 곧 노무현 대통령님이
오셨습니다. 저는 폴더 인사로 대통령님을 맞이했고 대통령님은 저
를 보시더니 가볍게 고개를 끄덕이셨지요. 저의 계략(?)이 딱 맞아떨
어지는 순간이었습니다. 대통령님이 고개를 끄덕이신 게 그냥 인사
를 받아주는 것이었는지, 촬영을 허락한다는 의미인지는 아무도 모
를 테니 말입니다. 저는 그렇게 곰처럼 큰 몸집으로 다람쥐처럼 재
빨리 대통령님의 뒤를 따라 회의실로 들어갔습니다. 상황이 그렇게
진행되니 선배도 더 이상 어쩌지 못하는 분위기가 되었지요.

월요일이라 아침 회의는 분주해 보였습니다. 대통령님의 일일 일
정과 주간 주요 일정, 메시지의 주요 키워드를 논의하는 자리였습니

다. 저는 이 모습을 무척 카메라에 담고 싶었습니다. 제가 거의 하루 종일 대통령님 옆을 따라다녔지만 하루를 막 시작하는 대통령의 모습을 담지는 못했으니까요.

제가 만났던 사람들 중에 가장 큰 거인의 아침은 그렇게 저에게 남아 있습니다.

관저 소회의실 아침 회의 2007년 1월

이날 아침 대통령님의 얼굴에는 근심이 많았습니다. 수석비서관들과 논의 중에 곤혹스러운 모습도 자주 보였습니다. 월요일인 그날따라 뉴스가 차고 넘쳤습니다.

기상청은 부분 일식이 있다고 예보했고, 과천의 정부청사에서는 한미 FTA, 농업 분야 고위급 협상이 잘 안 풀리고 있었습니다. 미국산 쇠고기 수입 문제도 골치가 아팠습니다. 미국은 뼈까지 수입하라고 성화였고 우리는 그렇게는 못 한다며 버티는 중이었습니다. 다음 대통령 선거를 9개월 앞두고 당시 한나라당 경선 주자였던 손학규 전 경기지사가 탈당하는 빅뉴스도 나왔지요.

회의 중 몇 번인가 정적이 흘렀던 것으로 기억합니다. 갑론을박하다가 문득 찾아든 침묵이지요. 결정하기 힘든 순간, 대안 몇 가지도 썩 내키지 않아서 막막한 순간, 회의하던 모든 분이 할 말을 잃은 순간 말입니다.

되는 일과 안 되는 일이 명확하게 구분되면 얼마나 좋겠습니까? 그러나 제가 근무했던 청와대는 매일 그 경계 위에서 판단하고 결정하는 일의 연속이었습니다. 정답이 없는 일, 그럼에도 불구하고 최대 다수를 위한 최선책을 항상 염두에 두어야 하는 일, 무엇보다 정책이 시행되었을 때 가장 손해 보거나 피해 입을 사람들을 먼저 생각하는 일, 그게 정치라는 걸 배웠습니다.

청와대에서 같이 근무했던 어떤 선배는 나중에 이렇게 말하더군요.

"청와대의 가장 큰 임무는 위기를 관리하는 거더라. 안전사고부터 자연재해, 더 나아가 휴전선의 전쟁 위험까지 점검하고 확인하는 일의 연속이더라. 문제가 터지면 무한 책임을 져야 하니까."

지금은 민주당 현역 국회의원이기도 한 선배의 말이 생각나서, 글을 쓰다가 길게 한숨을 내쉽니다. 문득 용산의 사람들이 떠올라서 그렇습니다. 대통령실은 자신들의 가장 큰 임무를 뭐라고 생각할까요? 용산 참사, 인사 참사, 경제 위기에도 책임지는 사람이 아무도 없어서 드는 생각입니다.

그럼, 팔이 안으로 굽지

제가 노무현 대통령님을 가장 가까이서 수행하기까지는 우여곡절이 좀 있었습니다. 오래전부터 노무현 의원을 좋아했어도 저는 사진 기자여서 일정한 거리를 유지해야만 했습니다. 그래도 굳이 인연을 찾자면 '노무현 대통령 후보 배우자' 였던 권양숙 여사와의 만남이 공적인 취재의 시작이었습니다.

2002년 가을, 16대 대통령 선거가 한창 열기를 뿜고 있을 때였습니다. 당시 저는 주간지인 우먼타임스 사진팀장으로 근무하고 있었습니다. 2001년 입사한 뒤로 제법 호평받은 특종을 몇 개 터뜨리면서 확실히 자리를 잡고 있었지요.

그때 우먼타임스의 편집책임자는 경향신문 기자 출신의 조은희 편집국장이었습니다. 김대중 정부에서 행사기획 비서관, 문화관광 비서관을 지냈는데 이후에는 이명박 정부 인수위원회, 오세훈 서울시장 정무부시장, 서초구청장을 거쳐 지금 21대 국회에서 국민의힘 소속 국회의원으로 활동하는 분입니다.

당시에도 저와 생각하는 게 조금 달랐지만 티격태격하면서도 대체로 잘 지냈습니다. 제가 덩치는 좀 커도 나름 붙임성이랄까, 적절한 애교(?)도 잘 구사하는 편이었거든요.

아무튼 2002년 대선을 앞두고 우먼타임스의 편집 방향은 야당이었던 한나라당 소속의 이회창 후보 쪽으로 기울어 있었습니다. 편집국장이 가리키는 방향이 그러하니 사진 기자인 저라도 좀 반대쪽으로 움직여서 언론사 전체의 균형을 잡아야 하지 않을까, 싶었지요. 물론, 저는 호감이 가는 노무현 후보를 내심 응원하고 있었습니다.

저는 주 취재원을 민주당으로 잡고 노무현 후보 캠프에 아예 자리를 잡았는데 편집국장의 독촉과 푸념을 잘 견뎌야 했습니다. 우먼타임스 메인 사진 기자가 한나라당을 커버해야 하는데 급하게 전화를 하면 맨날 민주당 후보 캠프에서 전화를 받으니 당연했지요.

대선 결과 발표 때는 말다툼 끝에 아예 내기를 걸자고 그랬습니다. 저는 노무현 후보 당선에 한 달치 봉급을 몽땅 걸겠다고 했지요.그러던 중 대선 취재를 하던 중에 결국 '사건' 이 터졌습니다. 대통령 후보 배우자 사진이 나란히 나오는 지면이 뒤바뀐 것이지요. 당시에 집권 여당은 민주당이었지만 의회 다수당은 한나라당이었습니다. 그러니 한나라당 소속인 이회창 후보의 기호가 1번, 민주당 소속의 노무현 후보의 기호는 2번입니다. 대선 후보의 배우자 사진도 당연히 기호 순으로 배치하는 게 맞지요. 그런데 제가 그 순서를 바꿔버린 겁니다. 비하인드 스토리는 이렇습니다.

그때, 편집회의에서 기획했던 게 대통령 후보 배우자들 인터뷰와 유세 활동이었습니다. 우먼타임스라는, 여성을 우선 대상으로 하는 언론이니 아무래도 남성인 후보자보다 그 배우자에게 초점을 맞추었지요. 그래서 1번 후보인 이회장 후보의 배우자 한인옥 여사부터 인터뷰를 해서 기호순대로 진행했습니다.

후보자 부인 활동 사진도 순서대로 넣어야 해서 이회창 캠프에 한인옥 여사의 공식 일정 첫날의 동선을 알려달라고 요청했습니다. 대부분의 언론은 후보만 취재하고 배우자 활동에 대해 관심이 전무한 상황이었습니다.

통보가 오면 출발하려고 만반의 대비를 갖추고 있는데 아무리 기다려도 연락이 없는 겁니다. 다시 연락을 해도 담당자가 아니라고 전화기를 돌리다가 끊기곤 했습니다. 이른바 '빡치는' 상황이 된 것이지요. 거칠어지는 호흡을 좀 달래면서 툴툴거리다가 다시 전화를 했습니다. 간단하게 요지만 전달했지요.

'그렇게 협조 안 해주면 노무현 후보 배우자 권양숙 여사만 취재해서 지면에 올리겠다. 너희들이 우먼타임스의 여성 독자들을 을매나 무시하는지도 잘 써서 같이 올리겠다.'

그랬더니 행사 시작 불과 1시간 전에야 동대문 상가 방문 일정을 알려주었습니다. 또 '빡치는' 상황이 되었습니다. 가장 유력한 대통령 후보의 배우자가 처음으로 국민 앞에 나서는 공식 일정이니 모든 언론사가 관심을 기울이는 건 당연한 일입니다. 그 좁아터진 동대문 상가에서 '그림'이라도 제대로 뽑으려면 먼저 가서 자리를 잡고 있어야 했으니까요. 그런데 1시간 전에 통보하는 건, 기자들 은어로 '물을 먹이는' 것이지요.

아니나 다를까, 투덜대면서 갔더니 메이저 일간지 기자들이 몇 시간 전부터 사진이 잘 나올 만한 곳은 죄다 차지하고 있었습니다. 늦게 왔으니 그 틈을 비집고 들어가는 게 불가능했습니다. 예상했던 대로 우먼타임스를 비롯한 주간지 사진 기자들은 들러리가 된 꼴이었습니다. 사정이 그랬으니 제가 원하는 구도를 제대로 잡을 수도 없었고, 당연하게도 제가 원했던 그림도 안 나왔지요.

그런 반면에 권양숙 여사의 경우는 캠프에서 무척 협조적이었습니다. 게다가 권 여사님의 비서실장 역할을 하는 분이 헌신적으로 언론사를 하나하나 잘 챙겨주었지요. 사정이 그랬으니 취재 사진도 제가 원했던 이상으로 그림이 잘 나왔습니다. 저는 차라리 잘 되었다 싶었지요.

비유하자면, 울고 싶을 때 뺨 맞은 격이었습니다. 배우자의 공식 일정 첫날부터 그랬으니 저는 속편하게 노무현 후보 편을 들었습니다. 물론 겉으로는 철저하게 균형을 유지했지요. 게다가 약자를 응원하는 저의 기질도 이런 상황에서 한몫을 했습니다.

이회창 후보의 캠프는 늘 붐볐습니다. 당선 가능성이 높은 정도가 아니라 이미 대통령에 당선된 분위기였지요. 당시 한나라당 당사에 가면 발 디딜 틈도 없었습니다. 반면에 노무현 캠프는 꽤나 썰렁했습니다. 한산하기로는 민주당사도 별 차이가 없었지요. 한나라당이

장이 서는 장날 아침 분위기였다면 민주당은 장이 서기도 전에 파장한 분위기였습니다. 그랬으니 노무현 후보를 응원하던 저로서는 참 마음이 짠했지요. 제가 나서서 분위기를 뒤집을 수는 없었지만 할 수 있는 일이라면 뭐라도 해주고 싶은 동정심이 커졌습니다.

제가 할 수 있는 일, 어떻게든 짠한 노무현 후보를 조금이라도 도와주고 싶은 마음은 두 배우자의 사진을 출력한 뒤에 발동하고야 말았습니다.

길음재래시장 방문 2002년 11월

에라, **사진** 배치를 바꾸자!

저는 두 후보의 배우자 사진을 출력해서 쭉 늘어놓고 한참을 살폈습니다. 한 면에 두 분의 사진을 배치할 때 왼쪽 1번, 오른쪽 2번 이렇게 붙여야 합니다. 그래서 기호 순서대로 한인옥 여사 사진이 왼쪽에 자리 잡으려면 독자들이 봤을 때 시선이 약간 오른쪽으로 향해 있어야 했지요. 마찬가지로 권양숙 여사도 오른쪽에 배치하면 시선이 왼쪽으로 약간 향해 있어야 두 분의 시선이 서로 마주 본다는 느낌이 듭니다.

아무리 전쟁 같은 대선이라지만 그래도 후보자 배우자들의 사진 만큼은 서로 시선이 모아지는 사진을 싣는 게 언론의 역할이기도 했습니다. 만약 그렇지 않고 독자들이 봤을 때 한인옥 여사가 왼쪽을 바라보거나 권양숙 여사가 오른쪽을 바라보면 시선이 지면 밖으로 흩어지게 됩니다. 두 분이 서로를 외면하는 형태로 악의적 표현인 나쁜 배치가 되고 말지요. 저는 지면의 그런 특성을 활용하기로 했습니다.

저는 이회창 후보의 배우자 한인옥 여사의 사진 중에서 시선이 왼쪽으로 처리된 사진만 골라서 편집국에 넘겼습니다. 그러고는 취재 현장인 동대문 상가가 하도 북새통이라 이 사진 밖에 쓸 만한 게 없다고 너스레를 떨었지요. 그런 다음에 시선이 오른쪽으로 처리된 권양숙 여사의 사진 중에서 가장 좋은 것으로 골랐습니다.

마침 다행인 것은, 편집국장이 기사 내용에 집중하느라 사진 선별과 지면 배치는 저에게 일임하다시피 한 상황이었습니다. 저는 지면 왼쪽 1순위에 권양숙 여사를, 2순위 자리인 오른쪽에 한인옥 여사를 배치해서 편집부로 넘기고는 확정을 짓고 퇴근했습니다. 기분이 좋아서 콧노래까지 흥얼거렸지요.

다음 날 아침, 저는 용의주도하게(?) 한나라당 당사로 출근했습니

출처: 우먼타임스

다. 그래도 양심의 가책이랄까, 아무튼 켕기는 마음이 조금은 있어서 평소답지 않게, 주요 인사들의 사진을 열심히 카메라에 담았습니다. 이윽고 편집국장의 비명과 같은 호통 소리가 전화기를 잡아 삼킬 듯 터져 나왔지요. 우먼타임스가 발칵 뒤집혔다는 걸 그렇게 알려주었습니다.

'1번 자리에 왜 권양숙 여사가 떡하니 있느냐, 아무리 사진을 제대로 못 찍었다 해도 이럴 수는 없다, 누구 죽는 꼴을 보려고 이러는 거냐, 나한테 무슨 원한이 있느냐' 등이 말이 쏟아졌습니다. 윗사람으로서 충분히 할 수 있는 말이긴 했습니다. 그래도 저는 덤덤하게 응대했지요. '제 사진 역량이 그날따라 좀 모자랐던 거 같다, 시선 방향 때문에 어쩔 수 없었다, 그렇다고 사진을 뒤집어서 쓸 수는 없는 거 아니냐, 정말 죄송하다' 라고 말이지요. 사실 이건 회사에서 잘릴 만한 사건이었습니다.

그랬더니 편집국장 언성이 조금 낮아지면서 진짜 걱정하고 있는 대목을 얘기했습니다. '이회창 캠프에서 항의하면 뭐라고 하느냐, 이건 회사에 공식으로 항의할 수도 있는 문제다, 나야 그렇다 쳐도 발행인을 걸고넘어지면 감당하기 어렵다' 고 하소연했지요.

그제야 제가 당당하게 목소리를 좀 높였습니다. 한나라당 당신네들이 전혀 협조하지 않으니 사진이 그 모양으로 나온 거 아니냐고 하시라, 공식 행사 1시간 전에 알려주는 바람에 좋은 자리를 잡을 수 없었다는 거 국장님도 아시잖냐, 그렇다고 사진을 뒤집어 쓸 수는 없다고 있는 그대로 전하시라고 말씀드렸습니다. 허참, 지금 생각해도 제가 좀 뻔뻔스러웠습니다만, 그때는 그렇게 말할 수밖에 없었지요. 편집국장님도 기가 막혔는지 전화를 일찍 끊어버렸지요. 죄송했습니다만, 그래도 저는 소기의 성과를 달성했으니 마음은 편안했습니다.

그렇게 하루를 넘기긴 했는데요, 아, 그날 오후부터 쏟아지는 항의 전화에 몸살을 좀 앓긴 했지요. 당시 제 전화였던 핸드폰이 걸려오는 전화 때문에 배터리가 나갈 정도였으니까요. 어쨌거나 저는 그렇게 노무현 후보를 제 마음속에 간직하게 되었답니다.

'사진 기자 장철영'의 전성시대?

그렇게 '사고'를 친 뒤로 저는 권양숙 여사의 후보 배우자 비서실 팀과 급격하게 가까워졌습니다. 무엇보다 권 여사님이 저의 조언을 잘 받아주었습니다.

첫 인터뷰 때였는데 드레스 코드가 좀 이상했어요. 당시 노무현 후보 선거 캠프에서는 이회창 후보의 '귀족적인' 이미지와 대비되는 이미지 콘셉트를 전략으로 잡았던 모양입니다. 그런데 제가 보기에는 수수한 스타일이 좀 지나쳐서 촌스럽게 느껴졌지요. 노무현 후보가 일반 서민처럼 털털한 이미지로 간다고 해서 배우자까지 그럴 필요까지는 없거든요.

그래서 저는 반대로 권 여사님은 좀 우아한 스타일로 방향을 잡는 게 좋겠다고 생각했습니다. 소탈한 노무현 후보의 보완재 역할이지요. 그런 저의 생각을 전했고 그때부터 권 여사님의 드레스코드가 정장 스타일로 바뀌었습니다. 또 그 무렵부터 제가 촬영한 권 여사님의 공식 일정 사진을 비서실에 전달해주었습니다. 보도자료에 쓸 사진들을 거의 마련해 주었지요. 회사에는 이런 사실을 입도 뻥긋하지 않았습니다. 디지털 카메라여서 내가 따로 비용을 들이지 않고도 노무현 후보를 도울 수 있는 나름 최선의 방법이었지요.

그렇게 하루하루가 빠듯한 시간이 흘렀습니다. 그러던 어느 날, 저는 권 여사님의 비서실장 역할을 하는 분에게 넌지시 부탁을 한 가지 드렸습니다. 혹시 권 여사님 일정에 조금 여유가 있다면 우먼타임스 사무실에 한번 와주십사, 하는 거였지요. 꼭 그렇게 해달라는 얘기는 아니라고 몇 번이나 다짐을 해두었습니다. 부담으로 느낄 수도 있는 일이니까요.

우먼타임스에서 2002년 10월

사실, 여성을 주 독자층으로 하는 언론사의 성격상 대통령 후보의 배우자가 방문하는 건 여러 가지로 의미가 있다고 생각했습니다. 2002년 당시만 하더라도 여성의 인권이나 권익이 지금과는 비교가 되지 않을 정도였습니다. 여성부가 만들어진 게 2001년 1월이었고, 호주제 폐지 논의가 우리 사회의 중요한 이슈가 되기 시작하던 때였으니까요. 그런 시점에 대통령 후보 배우자의 여성언론사 방문은 유권자의 절반을 차지하는 여성들에게 어필할 수 있는 좋은 계기가 될 수 있었거든요.

그런데 정작 문제는, 보고를 받은 권 여사님께서 정말로 우먼타임스를 방문하는 일정을 잡아버렸다는 것입니다. 회사가 벌집을 건드린 것처럼 난리가 났지요. 회사가 공식으로 초청하지도 않았는데 대통령 후보 배우자가 방문하겠다고 했으니 이런 경우가 없었던 겁니다.

당시 우먼타임스는 문화일보 빌딩에 세를 들어 있었습니다. 지금 서대문 농협중앙회 옆, 그러니까 강북삼성병원 맞은편의 정동길 들어가는 입구쯤이지요. 우먼타임스는 물론이고 문화일보도, 그리고 한 블록 떨어져 있는 경향신문에서도 소동이 일었습니다. 기왕 오시는 김에 문화일보에도, 경향신문에도 잠깐 들러줄 수 없겠느냐는 것이지요.

편집국장의 얼굴이 붉으락푸르락 했습니다. 편집국장도 하기 힘든 일을 일개 평기자인 사진 기자가 해버렸으니 그럴 만도 했지요. 그래서 급히 그날 편집국장이 능력을 발휘하여 이회창 후보 배우자 한인옥 여사, 정몽준 후보 배우자 김명영 여사가 줄줄이 방문하게 되었답니다.

저로서는 불감청고소원(不敢請固所願)이라, 감히 청하지는 못하나

원래 바라던 일이었는데, 그럴수록 매사에 더 조심해야 했습니다. 팔이 안으로 굽는다지만 그래도 회사 이름이 걸려 있으니 티를 내면 안 되었습니다. 대신 개인적인 재량의 범위에서는 할 수 있는 모든 걸 다하려고 애를 썼습니다. 그렇게 만들어낸 '그림'이 '서울역 상봉'이었습니다. 그 내막은 이렇습니다.

선거 중반에 노무현 후보가 경부선 철도를 축으로 유세 동선을 잡았습니다. 경남과 부산에서 유세를 시작해서 경부선을 따라 대구와 대전, 경기도 수원을 거쳐 서울로 들어오는 방식이었어요. 지방의 지지 열기를 이끌어 최종 승부처인 수도권과 서울에서 대미를 장식하는 콘셉트였습니다.

어느 날, 우연히 노무현 후보 캠프에서 대한민국 지도를 보고 있다가 문득 기발한 생각이 떠오르더군요. 지방 유세를 마치고 귀경하는 날, 권 여사님이 서울역에 마중을 나오면 딱 좋은 그림이 되겠다 싶었습니다. 당장 비서실로 전화를 했지요. 그러고는 저의 제안을 설명했습니다.

한편으로는 노무현 후보 선거대책위원회에도 저의 생각을 전했습니다. 당시 공보팀 서영교 선배(현 더불어민주당 3선 국회의원)에게도 알렸지요. 제가 '그림'을 만들어보겠다고 했습니다. 그러고는 사진 기자들한테 사발통문을 돌렸지요. 다들 좋은 아이템이라고, 성사만 된다면 무조건 좋은 그림이 된다고 흥분하더군요. 그렇게 서울의 밤은 조금씩 깊어졌고 서울역은 취재기자들로 미어터졌습니다.

노무현 후보 캠프의 모든 스태프들 표정이 환해진 것은 두 말할 필요가 없었지요. 앞에서 진두지휘하는 사람도 중요하지만 뒤에서 묵묵히 자기 할 일을 해내는 사람이 된다는 것도 참 좋은 일이었습니다.

사진은 서술형의 글과 달리 직관적입니다. 한눈에 메시지가 확 들어옵니다. 또 사진이라는 매체의 속성상 당연히 그래야 하지요. 그래서 사진 한 장의 위력이 크게 발현될 때가 있습니다. 특히 종군기자들이 목숨을 걸고 전투 현장에서 얻은 사진은 전쟁의 참상을 알리는 데 결정적인 역할을 하는 경우가 많지요. 1차 세계대전 당시 참혹했던 참호전의 참상이나 베트남 전쟁 당시 네이팜탄의 불벼락 속에서 살아남은 소녀의 알몸 사진이 대표적입니다.

그런데 제 경험으로는 정치의 영역에서, 특히 총칼 없는 전쟁처럼 펼쳐지는 선거 공간에서 사진 한 장으로 당선과 낙선이 결정되는 경우를 본 적은 없습니다. '축적 되지 않으면 이미지로 인식되지 않는다'고 저는 생각합니다. 그래서 일관성이 중요합니다. 선거에서 사진이란, 당선이라는 목표를 이루기 위해 차곡차곡 이미지를 축적하는 것이지요. 이런 식의 축적이 결국은 선거의 승패를 좌우한다고 생각합니다.

물론, 사진만 그런 게 아니지요. 후보의 정책도, 메시지도, 이슈 대응도 일관성을 가지고 작은 성과와 경험을 축적해야 비로소 제 역할을 합니다. 작은 일에 일희일비하고 눈앞의 이해에 휘둘리다 보면 후보도 캠프도 산으로 가게 됩니다. 갈팡질팡하다 선거는 끝나는 것이지요.

우리가 세상을 살아가는 방식도 이와 별반 다르지 않겠지요. 한순간에 영웅이 되는 일은 없습니다. 오래 고심해서 결정하면 일관되게 나아가야지요. 한 번 믿기로 한 친구라면 그 바닥이 드러날 때까지는 철석같이 믿고 함께 가보는 겁니다. 그래야 사람을 얻고 인생의 의미도 느낄 수 있지 않을까 합니다.

아, 저의 주장이 어찌 보면 주제넘은 인생론이라 거북할 수도 있겠습니다. 이건 저의 얘기라기보다는 제가 각별히 모셨던 노무현 대통령님의 생각이기도 합니다. 돌아가실 때까지도 사람에 대한 믿음, 특히 깨어 있는 시민에 대한 믿음을 잃지 않으셨지요.

"민주주의 최후의 보루는 깨어 있는 시민의 조직된 힘입니다."

그 말씀처럼 그분의 일생을 관통한 주제는 '사람'이었지요. 저도 그렇게 생각했습니다. 사람이 있고서야 저도 있고 저의 사진도 있으니까요.

서울역 유세 2002년 11월

이제는 말할 수 있다 1
2002년 월드컵과 지방선거

제 자랑이라 쑥스럽지만, 사실 제가 우먼타임스에 근무하는 동안 특종 기자로 관심을 받은 적이 몇 번 있습니다. 몇 가지만 적어볼까 합니다.

2002년에는 대통령선거 전에 제3회 전국동시지방선거가 있었습니다. 2002 한·일월드컵이 한창 진행 중에 치러져서 많은 사람들의 관심 밖이었지요. 결과는 당시 한나라당의 압승이었습니다. 참패한 민주당(당시에는 새천년민주당)은 선거 책임을 물어 대통령 후보였던 노무현 후보 사퇴 논란으로 이어졌습니다.

아무튼, 그해 지방선거까지 후보자들 합동유세라는 게 있었습니다. 출마한 후보자들이 한데 모여 정견과 공약을 발표하는 것이지요. 토론이 아니고 일방적인 연설 형식이어서 폐단이 많았습니다. 인기 있는 후보자도 드물었고 국민의 관심사가 월드컵이었으니 청중이 없어 각 후보 측에서 사람을 동원하는 게 보통이었습니다. 그러다 보니 연설회 전후로 음식 접대와 돈 봉투가 오가는 게 관행처럼 되었습니다. 후보자가 사람을 사서 모으는 것이지요. 그러니 돈 많은 후보가 유리할 수밖에 없는 제도였습니다. 특히 자신의 지지자 후보 연설이 끝나면 지지자들이 썰물처럼 빠져나가서 유세장이 텅 텅 비다시피 했지요.

텅 빈 유세장에서 불과 십여 명의 주민을 상대로 연설하는 후보자들을 보면서 저는 한숨이 나왔습니다. 주민들에게 직접적인 영향을 미치는 지방정부의 책임자와, 또 지방정부를 감독하고 견제하는 지방의원을 선출하는 과정이 무관심 속에 치러지고 있으니까요. 아무리 월드컵이 중요하다고 해도 이건 아니다 싶었습니다.

문제가 있으면 이를 고스란히 드러내는 것도 언론의 역할입니다. 저는 텅 빈 유세장과 관중이 꽉 들어찬 월드컵 축구경기장을 촬영해

출처: 우먼타임스

1면에 크게 같이 배치해서 실었습니다. 기사가 메인이 아닌 사진을 메인으로. 신문이 발행되고 보니 일간지를 포함해 다른 언론사들은 이런 기획이 없었더군요.

그런데 신문 발행 전 교열 점검을 할 때 왜 1면을 내 맘대로 배치하느냐고 호통을 친 겁니다. 그때는 편집국장이 공석이라 편집부장의 OK 사인을 받아서 제작에 들어간 건데 말이지요. 불끈 치솟는 성미를 억누르며 제가 취재부장님을 설득했습니다. '이거 메인으로 충분하고도 남는다. 자, 한번 보시라. 축구경기장의 뜨거운 열기와 다 식어버린 지방선거의 현장을 이렇게 선명하게 대비되도록 이미지 하나로 처리하지 않았냐. 이런 기획은 장철영 아니면 누구도 흉내 내지 못하는 거다. 부장님은 이런 생각을 해보신 적이라도 있었느냐' 며 밀어붙였습니다.

뭐, 공손하려 애는 썼지만 말투가 퉁명스럽게 튀어나오는 것은 어쩔 수 없었지요. 열변을 토하는(?) 저를 가소롭다는 듯이 바라보던 취재부장은 곧 인내의 한계에 도달했습니다.

"말 같지도 않은 얘기 그만 해라. 1면 상단을 기사도 없이 사진만으로 내보내는 신문이 어딨냐. 그런 신문이 있으면 내가 너를 형님으로 모신다."

그래도 저는 참았지요. '참을 인(忍)자 세 개면 살인도 피한다' 는 경구를 되새기면서요.

"조금 더 깊이 보시면 우리가 하고픈 말이 이 사진 속에 다 담겨 있어요. 이를테면, '당신이 축구에 열광하는 사이 일상에 직접적으로 영향을 미치는 지방행정 4년이 결정된다, 월드컵도 중요하지만 정치는 더 중요하다. 월드컵을 4년 내내 할 수는 없다, 뭐 이런 메시지가 떠오르지 않으십니까? 이 사진을 보고도 그런 느낌이 없다? 그럼 기자노릇 때려치우는 게 낫지 않을까요? 부장님 생각은 어떠세요……"

그런 다음 울컥 치솟는 성질대로 한마디 뱉었지요.

"사진도 기사라는 거 모르십니까?"

눈은 왕방울처럼 커졌지, 씩씩거리는 숨소리는 높아졌지, 저의 90킬로그램에 육박하는 덩치는 부르르 전투 신호를 보내지……. 취재부장이 한 걸음 뒤로 물러서더군요. 그래도 고집은 꺾지 않았습니다. 결국 두 사람은 합의했습니다. 아래층에 있는 문화일보에 한번 물어보고 틀린 놈이 사과하기로 했지요.

곰 같은 저는 단박에 우먼타임스 편집본을 들고 다람쥐처럼 계단을 뛰어 내려갔습니다. 무조건 제가 이기는 게임이라는 자신이 있었지요. 이제는 낯이 익은 문화일보 편집부장과 사진부장 책상에다 우먼타임스를 쫙, 펼쳤지요. 저는 한마디 말도 하지 않았습니다.

"……!"

문화일보 사진부장님도 한 마디 말도 하지 않더군요. 일자로 입을 꽉 다물고 두 눈을 질끈 감더니 고개만 끄덕였습니다. 뭐, 이것으로 게임은 끝난 것이지요.

그런데 제가 헤벌쭉, 환해진 표정을 감추지도 못하고 꾸벅, 폴더 인사를 하고 돌아서는데 사진부장님이 어느새 전화기를 집어드는 게 아니겠습니까? 제가 편집부 사무실 문을 나설 때 뒤에서 문화일보 사진부장님의 고함이 터져 나왔지요.

이 사건으로 세상 모든 일에는 빛과 그림자가 있는 거 다시금 깨달았지요. 우먼타임스 취재 부장한테는 침묵의 사과를 받았는데 문화일보 사진부 선배들한테는 날선 추궁을 당했습니다. '왜 그딴 걸 들고 우리 편집부장과 사진부장을 찾아갔냐, 너 때문에 우리가 혼났잖아, 장소가 어디냐 공동유세 또 언제 하느냐, 어쨌거나 너 때문에 또 취재 가야 하네' 등등 하소연이 쏟아졌습니다.

어쩔 수 없는 일이었습니다. 당시 문화일보는 석간이라 다음 날 신문 발행까지는 시간 여유가 좀 있었던 게 다행이었지요. 그런 뒤 며칠 지나지 않아 대부분의 일간지들이 유세장과 축구경기장을 비교하는 콘셉트로 촬영한 사진을 1면과 2면 또는 3면 등에 배치하기 시작했습니다.

이제는 말할 수 있다 2
히딩크 감독의 연인

다들 아시겠지만 2002년 한일월드컵은 거의 기적이었습니다. 세상에, 아무리 우리 안방에서 치르는 홈경기라고 해도 4강이라니, 지금 돌아봐도 말도 안 되는 성적이었지요. 16강 한 번 통과해본 적이 없는 우리 국대팀 아니겠습니까?

아무튼 그런 거짓말 같은 현실이 실제로 눈앞에서 이루어진 뒤, 가장 주목받은 사람은 히딩크 감독이었지요. 그분의 리더십에 대한 기사가 꼬리에 꼬리를 물고 이어졌습니다. 그런데 히딩크의 배우자인 엘리자베스에 대한 기사는 아주 드물었지요. 어느 언론사도 인터뷰를 하지 못했습니다. 매몰차게 거절당했기 때문입니다.

사실 히딩크 감독과 엘리자베스는 동거 중이어서 공식적인 부부 관계가 아니었습니다. 당시만 해도 우리의 정서와는 거리가 좀 있어서 굳이 사람들의 입에 오르내리고 싶지 않았을 거라고 짐작만 했었지요. 또 개인적인 사생활을 중시하는 서양인의 문화도 영향이 있었겠지요.

그런데 편집국장과 저는 엘리자베스와 어떻게든 인터뷰를 하고 싶었습니다. 우먼타임스가 여성을 주 독자층으로 하는 언론사여서 더욱 그랬습니다. 사실혼 관계에 있는 남성이 사회적 성취를 이루었다면 그 배우자에게도 일정 부분 영예의 몫이 있다고 생각했지요. 가정을 이룬 남자치고 오로지 자신의 힘만으로는 성공할 수는 없으니까요. 보이지 않는 지지와 응원, 도움이 없을 수 없으니까요.

어떻게 하면 엘리자베스와 접촉할 수 있을까, 궁리에 궁리를 거듭했습니다. 그러던 어느 날, 히딩크 감독이 네덜란드에서 휴가를 마치고 귀국한다는 뉴스가 짧게 언론에 보도되었지요. 저는 '바로 이거다' 싶었습니다.

월드컵 4강이라는 성공 신화를 쓴 대표팀 감독이 그동안의 피로를 풀고 귀국한다는 건 이제부터 이어질 월드컵 뒤풀이 축제에 참여하겠다는 의미로 저는 읽었습니다. 국민의 기대에 부응하고도 남았으니 히딩크 감독도 예전의 엄격한 자기 통제에서 조금은 여지를 둘 수도 있겠다 싶었지요. 그렇다면 엘리자베스와의 인터뷰 등을 본격적으로 추진해도 될 것 같았습니다.

저는 우선 대한축구협회에 히딩크 감독 부부의 귀국 일정과 의전을 확인했습니다. 인천공항에서 간단하게 히딩크 감독의 귀국 인터뷰가 예정되어 있었는데 이후에는 두 사람이 따로 차를 타고 숙소로 간다는 것이었습니다. 여기에 더해 엘리자베스를 태우고 운전하고 안내할 협회 관계자까지 찾아냈지요. 이 정도면 계획의 절반 정도는

본지 단독취재·히딩크의 '친구' 엘리자베스

"여성문제 함께 나눠요"

'달라진 시선' 한국과 재회

출처: 우먼타임스

달성한 셈입니다.

그런데 엘리자베스를 에스코트할 담당자에게 숙소가 어딘지 확인하는 데서 그만 제동이 걸렸습니다. 무조건, 보안! 절대로 알려줄 수 없다는 거였지요. 어르고 달래도 소용없었습니다. 자기 밥줄이 걸려 있다는 데 저라고 용빼는 재주가 없었지요. 난감했습니다.

뭐 그런다고 그냥 물러설 '장철영 기자'가 절대 아니지요. 때로는 '안 되면 되게 하라'는 무대뽀 정신(?)으로 세상을 버텨온 제가 이처럼 좋은 기회를 날릴 수는 없었습니다. 당일 엘리자베스를 태울 차량과 에스코트 담당자를 찾아갔습니다.

"생각을 한번 해보시라. 기자라는 게 특종과 단독으로 먹고사는 사람들이에요. 숙소를 알려준다고 동네방네 떠들고 다니면 정신 나간 놈이지. 그게 기자겠습니까? 또 제가 호텔까지 따라붙는다고 해서 인터뷰를 한다는 보장도 없지 않잖아요? 그거야 오로지 엘리자베스한테 달린 문제지, 당신하고는 전혀 상관없는 일입니다."

아, 그렇게까지 사정했는데도 씨가 안 먹히더군요. 그래서 마지막 카드를 꺼낼 수밖에 없었습니다.

"엘리자베스를 호텔까지 데려다 주는 게 당신이라는 걸 아는 기자는 제가 유일해요. 당신이 끝까지 버티면 나도 다른 방법이 없습니다. 모든 기자들한테 알리고 엘리자베스가 공항에서 나갈 때 애먹일 수밖에요. 그러면 당신도 힘들지 않겠어요? 어떡하시겠습니까?"

제가 그렇게까지 나오자 잠시 침묵이 흘렀습니다. 마음을 졸이면서도 될 것 같다는 느낌이 들었습니다. 이윽고 축구협회 관계자라는 분의 조금은 부드러운 음성이 들렸지요.

"무슨 말인지 알겠어요. 그런데 저도 조건이 있습니다. 호텔은 알려주겠는데 인터뷰는 안 됩니다. 엘리자베스한테 양해를 구해야 하는 일인데 그건 개인의 사생활이고 협회에서 담당하는 거예요. 협회를 거치지 않고 인터뷰는 절대 안 됩니다. 아셨죠? 그리고 출국하고 차량 탈 때 방해하지 말아주시고요."

얘기인즉, 인터뷰를 하려면 공식적으로 축구협회에 요청을 하란 겁니다. 기분이 묘했습니다. 여기서 더 물고 늘어졌다가는 그나마 이 친구와의 관계도 깨지겠다는 생각이 들었지요. 그래서 순발력을 발휘했습니다.

"좋습니다. 인터뷰를 안 할 테니 질문 하나만 대신 좀 해주세요. 한국에 다시 온 기분이 어떠냐고 물어보고 그 답을 알려주시면 됩니다. 어떻습니까?"

저의 변칙적인 제안에 상대방도 안도의 한숨을 짤막하게 내쉬는 게 느껴졌습니다. 그런 다음 OK 사인이 떨어졌습니다. 관계자와 저 사이에 일종의 신사협정이 맺어진 것이지요. 그나마 다행이었습니다.

드디어 히딩크 감독이 입국장으로 들어섰습니다. 공항에 진을 치고 있던 다른 기자들은 전부 히딩크 취재에 열을 올렸습니다. 저는 멀찍이 떨어져 조용히 나오는 엘리자베스에게 다가가 아주 상냥하게 인사를 건넸지요. 그런 다음 일단 셔터부터 누르기 시작했습니다.

이미 밀약(?)을 맺어서 그랬는지 그야말로 정신없이, 제가 숨 쉬는 것도 잊고 사진을 찍었지요. 거의 동영상을 촬영하는 것처럼 말이지요. 엘리자베스가 출국장을 나와 차에 오르는 뒷모습까지 알뜰살뜰 카메라에 담았습니다. 나중에 PC로 확인해 보니 거의 500여 장이나 되더군요.

그런 다음 숨이 턱에 차도록 달려 제 차를 타고 남산으로 출발했습니다. 그녀의 숙소가 남산에 있는 하얏트호텔이었거든요. 먼저 축구협회 관계자에게 전화를 걸었습니다. 한국에 돌아온 소감이 어떤지 확인했지요. "한국에 돌아오니 너무 좋아요." 이 짧은 한마디를 듣고 호텔에 도착하는 시간 등을 확인했습니다. 참 좋은 반응이었습니다. 그러나 너무 짧은 게 문제였습니다. '한국에 돌아오니 너무 좋다.' 이 짧은 글에 사진을 얹어서 인터뷰 기사라고 하기에는 소감이 너무 빈약했지요.

고속도로를 달리면서 저는 또 갈등에 빠졌습니다. 이대로 남산의 호텔로 가서 그냥 들이밀면 어떻게 즉석 인터뷰는 가능할 것도 같았습니다. 몇 가지 질문을 던질 수도 있겠고 답변도 받을 수 있겠다는 생각이 들었지요. 문제는 저의 영어 실력이 썩 신통치 않다는 것이었습니다. 일상 회화 정도는 별 문제 없지만 상대의 말을 다 알아듣고 다시 질문하는 인터뷰를 할 수준은 아니었거든요.

궁여지책, 미리 사전에 신문사에서 협의한 영어 잘하는 여성취재부장과 전화로 숙소와 시간을 알려주고 일단 빨리 오시라 했습니다. 저는 가속 페달을 최대한 밟았습니다. 조금이라도 빨리 호텔에 도착해서 촬영 동선을 확보하는 게 급했으니까요. 그러면서 또 한 가지 작전(?)을 짰습니다.

호텔 입구에서 엘리베이터로 갈 동선을 일단 파악하고 엘리자베스가 호텔에 도착하면 엘리베이터를 탈 수밖에 없으니 그때 취재부장이 엘리베이터에 함께 타고 올라가면서 몇 마디를 간단하게 물어보는 것이지요. 다만, 처음 말을 건네기 위해서는 엘리자베스가 호기심을 갖도록 상황을 설정할 필요가 있었습니다. 방법이 없으니 '그냥 히딩크 감독에게 4강 올라갔을 때 어떤 대화를 했나' 등 간단히 물어보시고 능력을 발휘하시라고 했지요.

아, 그런데 어쩌면 일이 이렇게 풀릴 수 있을까요? 저와 취재부장이 동선을 확정하자마자 거짓말처럼, 마치 기다리고나 있었던 듯이 엘리자베스가 협회 관계자와 호텔에 들어서는 게 아니겠습니까? 저는 약속한 자리에서 셔터를 눌렀고 취재부장은 아주 자연스럽게 엘리자베스와 함께 엘리베이터에 올랐습니다. 친절하게도 엘리자베스는 취재부장을 손수 영접하는(?) 자세까지 보여주었지요. 그렇게 엘리베이터에 오른 취재부장은 본인의 임기응변으로 엘리베이터 안에서 임신했다고 거짓말을 해서 말문을 열고 꽤 많은 질문과 답변을 주고받았습니다.

이 내용을 정리해서 인터뷰 형식으로 1면 박스형 기사로 만들었지요. 단독으로 '엘리자베스 첫 인터뷰'로 나간 겁니다. 다른 언론사의 관심이 집중되었던 사례입니다. 또 이 인연을 계기로 나중에 편집국장이 인맥을 동원해 엘리자베스와 공식 인터뷰를 하게 되었습니다. 이 인터뷰의 반향이 컸습니다. 당시 국민적 영웅이었던 히딩크 감독의 숨은 내조자에 대한 관심도 폭발적이었지요.

아, 그리고 더 좋았던 일은 기혼이던 취재부장이 그 인터뷰 뒤에 정말 아이를 가진 것이지요. 이렇게 이어지는 좋은 인연의 첫 출발이 저의 기획에서 비롯되었다고 하면 좀 '거시기' 할까요?

이제는 말할 수 있다 3
억울해도 말 못하는 여인

'이혼당해도 마땅한 여자' 사건이 한때 시중의 핫이슈가 된 적이 있었습니다. 내용인즉슨, '20년 동안 한 번도 남편 밥상을 안 차려줘서 이혼해도 마땅하다'는 기사가 신문과 방송을 뒤덮었지요. 특히 공중파 방송은 메인 뉴스에서 모두 다루었습니다.

그런데 저는 뭔가 좀 이상했습니다. 기사에서는 그 부부 사이에 자녀가 둘이라고 했습니다. 20년을 살았다면 아이들이 꽤 자랐을 텐데 어떻게 20년 동안 남편한테 밥을 안 차려줄 수 있을까, 싶었던 거죠. 한두 달이면 몰라도 20년이나 말이지요. 아이들이 학교를 다니면 아침밥을 해주었을 테고, 아무리 남편이 밉더라도 아침상에 수저 한 벌만 놓으면 되는 일 아닌가요?

아무리 상상의 범위를 넓혀도 도무지 현실적으로 불가능한 일 같았습니다. 첫 아이를 얻은 제가 아내한테 물어봐도 같은 생각이었지요. 그렇다면 '이 보도에는 놓치고 있는 뭔가 다른 게 있다!' 싶었습니다.

편집국장에게 보고하고 취재를 허락받았습니다. 취재비도 좀 받아서 사건의 주인공이 살고 있는 강남의 집 앞으로 찾아갔습니다. 일단은 '뻗치기'를 하면서 주변 이웃들을 탐문하기로 했지요.

먼저 경비원 아저씨한테 좋은 인상을 주는 게 중요했습니다. 음료수를 한 박스 사들고 경비실로 가서 제 사정을 말씀드리고 양해를 구했지요. 아주 인심 좋고 인상도 후덕한 분이어서 저는 좀 안심했습니다. 기자들이 '뻗치기' 할 때 턱없이 고약한 분을 만난 경험도 많았거든요. 내쫓기도 하거니와 경찰에 신고라도 하면 번거롭기가 이루 말할 수 없으니까요. 사람 좋은 경비원 아저씨와 이런저런 얘기를 나누다가 슬쩍 한 가지 부탁을 드렸습니다. 괜찮다면 사건의 당사자한테 인터폰으로 연락을 한 번 해줄 수 없겠냐고 했습니다.

'우먼타임스 기자라는 사람이 아까부터 와 있는데 만나 뵙고 싶어 한다'는 것, '보도된 내용을 보니 억울한 점도 있는 것 같아서 자세한 얘기를 해주면 적극 돕고 싶다'는 얘기도 전해달라고 말이지요.

그렇게 부탁을 하는 중에 갑자기 경비원 아저씨가 쉿, 제 입을 막더니 턱짓을 하더군요. 막 엘리베이터에서 내리는 젊은 여성을 가리키면서 그 집 딸이라고 알려주었습니다. 저는 하던 말을 멈추고 카메라부터 잡았지요. 그런 다음 아파트 단지를 빠져나가는 뒷모습을 몇 장 촬영했습니다.

설득 끝에 경비원 아저씨가 마음을 먹고 경비실에서 인터폰을 넣었는데 몇 번이나 신호가 가도 응답이 없었지요. 그때 저는 어떤 '느낌'이 왔습니다. 기자들은 이런 걸 '감'이라고 하는데 근거는 없지만 지금의 상황이 일목요연하게 정리되는 듯한 예감 같은 겁니다. 이 인터뷰는 '뻗치기' 하면서 오래 끌고 갈 일이 아니라고 판단했지요.

저는 다시 한 번 명함을 건네주면서 제 신분을 확인시켜 주었습니다. 처음 명함을 건넸을 때 경비원 아저씨가 힐끗 보고는 책상 서랍에 그냥 넣는 걸 봤거든요. 그런 다음 그 자리에서 회사로 전화를 걸어 제가 진짜 그 회사 소속인지도 확인시켜 드렸습니다. 그제야 그분이 사건 당사자의 전화번호를 가르쳐 주더군요. 저는 곧장 전화를 걸었습니다. 소속과 신분을 밝히고는 직접 만나서 얘기하자고 요청했습니다.

"언론에 보도된 것 모두 봤습니다. 그러나 저는 당신이 20년 동안이나 남편 밥을 안 해줬다는 말을 믿지 않아요. 상식적으로 말이 안 되니까요. 틀림없이 말 못 할 사연이 있다고 생각해서 찾아왔습니다. 우먼타임스는 여성의 입장에서 보고 듣고 말하는 주간지입니다. 그러니 만나서 얘기를 해보시죠. 도와드리겠습니다."

제가 두서없이 설명을 하는데도 전화기 저쪽에서는 조용했습니다. 흘러듣는 게 아니라 이것저것 깊이 생각하는 기운이 느껴졌지요. 그래서 마지막 카드를 내밀었습니다. 목소리를 낮추고서요.

"여기에서 대기하다가 우연히 따님을 만나서 급하게 사진을 찍었습니다. 그런데 따님 얼굴에 근심이 많고 수척해 보였습니다. 이 사건의 진실을 제대로 알려서 아이들 마음고생이라도 덜어줘야 하지 않겠습니까?"

그러자 길게 한숨이 흘러나왔습니다. 이제 매듭을 지을 일만 남았지요.

"당신이 말 못 할 사정이 있는 것 압니다. 저는 당신이 일방적으로 당했다고 생각해서 도와주고 싶어서 찾아왔어요."

그런 다음 2시간 뒤에 그녀와 커피숍에서 만났습니다. 그녀는 전형적인 전업주부였습니다. 사업하는 남편 뒷바라지를 하고 두 아이를 키우며 20년을 보냈지요. 짐작대로 남편이 바람을 피웠는데 이혼 사유를 그런 식으로 뒤집어씌운 것이었습니다. 세상 물정에 어두워서 남편의 언론 플레이에 어떻게 대처할지도 몰랐지요.

더 딱한 사정은 법원의 1심 판결도 남편의 주장대로 나와서 이혼 위자료도 못 받게 된 것이었습니다. 이뿐만 아니라 아들 딸 남매도 본인이 양육해야 하는 난처한 상황에 처했던 것입니다. 이웃들이 어떻게 생각할지 두려워서 집 안에만 있었다고 하더군요.

저는 인터뷰를 마치고 그녀를 차에 태워 한강을 건너 효창공원으로 갔습니다. 집 근처에서 촬영하면 혹시 이웃들이 눈치 챌 수도 있으니 아예 한강을 건너버린 것이지요. 다소곳이 앉아 있는 모습을 촬영했고 모자이크 처리해서 기사를 내보냈습니다. 이혼 전문 변호사를 연결해서 이혼소송 항소심을 돕게 해주었지요.

보도가 되자 의외로 반향이 컸습니다. 그동안 이 사건에 대한 국내 언론의 취재와 보도가 잘못된 점을 확실하게 폭로한 셈이었으니 이 사건 자체보다 언론의 행태에 대한 논란이 더 커졌지요. 아무리 '받아쓰기'를 하더라도 최소한의 팩트조차 확인하지 않는 건 정말 문제였습니다. 그래서 이 사건이 더욱 확대 재생산되었습니다. 저로서는 두 마리 토끼를 다 잡았다고 할 수 있었지요.

기대 이상의 성과도 있었습니다. 이 사건 보도 이후로 우먼타임스 기자들이 라디오 시사방송에 출연하는 계기가 되었거든요. 특히 부

출처: 우먼타임스

당한 이혼 문제나 남녀 성차별, 또 여성계 이슈와 관련해서는 우먼타임스의 입장이나 관점을 빼놓지 않았습니다. 특정 분야의 전문 언론으로 확실히 자리매김하게 된 것이지요.

개인적으로도 이 사건 취재는 저의 시각과 감각을 확장하는 기회가 되었습니다. 열심히 취재하는 것 못지않게 현상의 맥락을 주의 깊게 보는 시각도 중요하다는 것 말이지요. 눈에 비치는 대로 보는 게 아니라 한 번쯤은 현상을 되짚어보는 힘도 길러야 한다는 것을요.

물론, 기자로서 저의 자부심과 회사 내 평가도 높아졌습니다. 그랬으니 그해 겨울 대통령 선거에서 노무현 후보를 지지하고 나름대로 최선을 다해 돕는 게 가능했던 것이지요. 저의 감각이 가장 화려하게 꽃 피던 시기이기도 했습니다.

이제는 말할 수 있다 4
지극히 보통의 여자 백지영

동영상 유출 사고로 미국으로 떠났던 가수 백지영이 오랜 칩거를 끝내고 국내로 복귀할 때였습니다. 그저 피해자일 뿐인 그녀를 위해 우먼타임스가 나섰지요. 인터뷰가 잡혔고 강남 현대백화점 맞은편 지하 스튜디오에서 인터뷰용 사전 촬영을 했습니다.

우선 저부터 단단히 준비했습니다. 아픈 상처를 뒤로 하고 새 출발을 결심한 시점이니 당사자의 마음이 얼마나 여물었겠습니까. 그러니 어떤 콘셉트로 구도를 잡아야 할지 고민이 깊었지요. 그런데 스튜디오에 나타난 그녀는 당시 유행하던 섹시미를 강조하는 옷차림이었습니다. 저는 만류했습니다. 스캔들로 곤욕을 치른 연예인이 다시 복귀하면서 섹시미를 강조하는 건 아니다 싶었지요.

저는 다소 평범하게, 벽에 슬쩍 기대어 우울한 포즈를 잡도록 했습니다. 힘든 시기를 지나 왔고, 감당하기 힘든 세상의 파도를 넘어온 사람, 그렇다고 지나온 날들을 부정하지 않으면서, 이제는 담담하게 세상을 마주하는 모습을 담고 싶었지요. 조금은 쓸쓸하고 조금은 초연한 마음 상태를 보여주고 싶었습니다.

출처: 우먼타임스

사진을 포함한 인터뷰 기사가 나간 뒤에 저는 조금 더 적극적으로 백지영 씨를 응원하기로 했습니다. 그동안 저와 얼굴을 익힌 여성계 대표 분에게 앞으로 여성계 행사에 백지영 씨를 초청하도록 부탁드렸습니다. 백지영 씨가 초청된 모든 여성계 행사에는 최대한의 언론사가 취재하도록 노력하겠다는 약속도 했습니다. 그리고 제 약속을 지키기 위해 열심히 뛰어다녔지요.

그런 저를 보고 다른 언론사 선배와 동료들이 고개를 갸웃하기도 했습니다.

"대체 너 왜 그러는 거냐? 왜 백지영 일에 그렇게 나서는 거야?"

사람들이 어떻게 말하든 그녀는 그냥 피해자일 뿐이었습니다. 피해자인 연예인을 무슨 피의자 취급하는 건 잘못된 것이라 생각했지요. 따라서 피해자를 돕는 일은 그렇게 특별한 행동이 아니었습니다. 저는 여성계의 리더 역할을 하는 분들께도 이렇게 말씀드렸습니다.

"성인으로서 성적 자기 결정권을 행사한 것은 죄가 될 수 없습니다. 그걸 몰래 촬영해서 유포한 놈이 가해자입니다. 남성인 가해자는 형을 살고 나오면 그만이지만, 피해자는 여성이라는 이유만으로 외국에 피신해서 숨죽이고 살다가 귀국해서도 마치 죄인처럼 취급되는 행태는 잘못된 것입니다. 그런 백지영 씨를 품어주고 응원하는 것이 여성계가 할 일이라고 생각합니다."

저의 이런 주장에 여성계가 폭넓게 동의해주었다고 생각합니다. 잘못된 관행을 법과 제도로 고치는 데 한계가 있으니까요. 주위를 둘러보면 억울한 피해자를 응원하는 것만으로도 바로잡을 수 있는 일은 많습니다.

역사를 조금만 더듬어도 여성이라는 이유로 모진 비난과 박해를 받은 사례는 차고 넘칩니다. 고려시대, 거란과 몽고와의 전쟁을 겪으면서 잡혀가거나 조공으로 보내졌던 여성들이 있습니다. 조선시대에도 정묘호란과 병자호란 등으로 비슷한 일이 벌어졌지요. 구사일생으로 다시 고향에 돌아온 그녀들에게 '환향녀'라는 낙인을 찍고 천대하고 멸시했던 사실이 있습니다. 고향으로 돌아온 그녀들은 결국 조리돌림을 당하거나 자진하는 길을 택한 경우가 많았지요.

이런 식으로 여성에게 내려진 기구한 운명은 서구에서도 마찬가지입니다. 제2차 세계대전 중 독일에 점령당했던 프랑스도 그랬습니다. 나치가 세운 비시 정권 4년 동안 독일군과 사랑의 연을 맺은 2만여 명의 여성들은 2차 대전이 끝나자 공격의 표적이 되었지요. 머리카락을 잘리고 목에 팻말을 건 채 집단으로 조리돌림을 당했습니다. 일제 강점기에 한국 남성과 결혼했던 일본 여성들, 또 일본인과 결혼했던 한국 여성들도 비슷한 처지로 내몰렸지요. 그들은 이 사회의 그늘로 숨어들어 숨죽이며 일생을 보냈습니다. 같은 운명을 맞았던 남성과 달리 여성에게 덧씌워진 운명은 더 가혹했었지요. 피해자의 관점에서 백지영 씨를 바라보지 않고 봉건적이고 남성 중심적인 사고방식을 적용하면 우리는 금방 17세기 조선 중기로 돌아가고 맙니다. 제가 백지영 씨를 응원한 것은 이 때문입니다.

저는 백지영 씨가 과거의 상처를 딛고 다시 자신의 삶을 온전하게 살아가는 것을 지켜보았습니다. 그녀의 용기에 정말 박수를 보냈지요. 누구나 그렇지만 인생이란 빛과 그림자가 교차하는 광야를 걸어가는 것과 같다고 저는 생각합니다. 작은 기쁨과 큰 어려움이 늘 함께하는 것 같습니다. 그래서 이웃의 슬픔은 함께 나누고 좋은 일에는 같이 기뻐해주는 아량이 필요한 것이지요.

2003년 봄, 출입처는 청와대

 저의 2002년 겨울은 유난히 따뜻했습니다. 12월에 제가 좋아하던 노무현 후보가 16대 대통령에 당선되었기 때문입니다. 그리고 다음 해 마침 저도 청와대 출입기자로 일할 수 있어서 더욱 좋았습니다.

노무현 대통령이 취임하면서 청와대 출입기자단을 대폭 확대했습니다. 대선 과정을 거치면서 '노사모(노무현을 사랑하는 모임)'를 비롯해서 온라인에서 시민들의 정치 활동과 관심이 부쩍 커졌던 것을 반영한 결과였지요. 인터넷 기자협회 회원사들에게도 청와대 출입을 허용한 것입니다.

 우먼타임스가 인터넷으로도 기사를 송출했기 때문에

저도 2003년부터 청와대에 나갔습니다. 당연히 회사에서도 적극 지지해 주었지요. 아, 그러기 전에 저는

EPAImages(European Pressphoto Agency)라는 통신사의 한국 주재 기자를 겸임하고 있었습니다.

'유럽 보도사진 에이전시' 라 부르는 EPA는 국제 뉴스 사진 에이전시입니다. 1985년 7개의 유럽 통신사에 의해 설립된, 사진과 영상 등 미디어 중심의 뉴스 제공 회사입니다. 전 세계 각지의 400명 이상의 전문 사진 작가로 구성된 글로벌 네트워크를 통해 뉴스, 정치, 스포츠, 비즈니스, 금융, 예술, 문화 및 엔터테인먼트를 망라하는 이미지를 제공합니다. 제가 우먼타임스에서 신선한 기획과 특종으로 한창 주가(?)를 올리고 있을 때 EPA가 우리나라에 지부를 설치했습니다. 선배 사진 기자의 권유로 제가 지원해서 겸임이 가능했지요.

새 정부가 출범하고 조금 지나서 저는 기자 자격으로 청와대를 출입할 수 있었습니다. 그야말로 풀 방구리에 쥐 드나들듯, 반찬 단지에 고양이 발 드나들 듯 발걸음도 가볍게 삼청동 일대를 누볐습니다. 어깨에 바람이라도 든 것처럼 으쓱댔지요. 물 만난 물고기가 따로 없었습니다.

그런데 청와대 생활에 조금 익숙해져서 지형지물을 거의 익혔을 때쯤 한 가지 의문이 들었습니다. 당시만 해도 대통령 부부가 참석하는 공식 행사 외에 영부인 행사를 따로 취재하는 일이 드물었지요. 그러다보니 기사는 물론이고 사진 등의 자료를 축적해두는 게 드물었습니다. 보통 영부인의 단독 행사나 일정이 규모도 작고 크게 뉴스가 될 만한 경우가 거의 없었기 때문입니다.

그래서인지 기자 풀단이 꾸려져도 1~2 명 정도에 불과했고 보통 언론사 사진 기자들은 웬만하면 대통령 일정에 비중을 두었습니다. 그런데 저는 우먼타임스 소속이었으니 상대적으로 영부인 관련 기사를 더 많이 취재할 수밖에 없었지요. 그래서 저는 이런 문제를 사진기자단 선배들과 의논했습니다.

기자들은 크게 펜 기자와 사진 기자, 방송카메라기자단으로 구분합니다. 펜 기자는 기사를 작성하는 게 주업무이고 사진 기자와 방송카메라기자단은 현장성을 최대한 살린 이미지를 촬영하는 게 더 중요합니다. 현장에서 주로 '뻗치기'를 하는 일은 거의 사진 방송 기자나 카메라 기자들이 많지요. 주요 이슈가 터졌을 때 기자들은 속한 언론사가 달라도 하루나 이틀, 길게는 열흘이나 보름까지도 현장에서 동고동락을 합니다. 그래서 사진 기자들은 소속된 언론사를 떠나 일종의 동지애를 공유하면서 끈끈한 유대 관계를 형성합니다.

선배들은 제가 여사님을 전담해서 풀 취재하는 게 좋겠다는 결론을 내렸지요. 물론 제가 취재한 내용과 사진은 모두에게 공유하도록 했습니다. 합리적인 결정이었습니다. 저는 어차피 영부인과 관련된 이슈들을 중점적으로 취재해야 했고 다른 언론사들은 영부인 행사까지 담당할 여력이 별로 없었으니까요.

그런데 청와대 출입기자단에서 양해를 해도 기자단을 관할하는 춘추관의 승낙이 필요했습니다. 기존에 풀단을 구성해서 하던 취재가 특정 언론사가 중심이 되는 것으로 양상이 바뀌었으니까요. 그래서 춘추관 실무책임자에게 말했더니 먼저 부속실에 물어보겠다고 하더군요.

저는 아주 좋았습니다. 선거 때 권양숙 여사님의 비서실장 역할을 했던 분이 제2부속실 책임자였기 때문이지요. 제가 전화를 드렸더니 당연히 환영하는 분위기였습니다. 영부인께서도 저를 익히 알고 있어서 금방 허락이 떨어졌지요. 저는 영부인 관련 일정을 따로 받아서 검토할 정도로 마음은 '콩밭'에 가 있었습니다.

그러나 어찌된 영문인지 춘추관에서는 결정을 차일피일 미루었지요. 차마 이 책에서도 밝히기 힘든 사연이 좀 있었습니다. 어쨌거나 이런저런 사정으로 저는 이러지도 저러지도 못하는 사이 시간만 흘려보냈습니다. 직장인이라면 아시겠지만, 뻔히 예정되어 있던 일이 자꾸 미뤄지거나 틀어지면 일하기가 참 쉽지 않거든요.

그러던 어느 날이었습니다. 난데없이 청와대 전속 사진사를 구한다는 소문이 돌았습니다. 전임자가 사정이 있어 급하게 사직을 했기 때문이지요. 그런데 지원자가 거의 없다는 겁니다. 당장 사진기자단에 적임자를 추천해달라는 주문이 내려오기도 했습니다.

알고 보니 그 자리는 정말 '고생문이 훤한' 자리였더군요. 그냥 사진을 잘 찍는 사람이 아니라 자신을 버리고 봉사한다는 생각을 하고 들어가야 제대로 일을 할 수 있었습니다. 게다가 우선 출퇴근 시간이 정해지지 않았습니다. 대통령의 공식 일정이 '9 to 5' 일 수가 없지요. 지방 출장도 잦았고 몇 시간 걸리는 행사에는 꼼짝없이 붙어 있어야 했으니 말입니다. 더구나 봉급 수준이 너무 낮았습니다. 당시에는 9급직에서 시작하는데 사회 경력도 절반만 인정해주었으니 웬만한 경력의 사진 기자들은 견딜 수가 없는 것이지요.

실력 있는 사진 기자도 구하기 힘든데다 겨우 채용하면 하루 또는 한달을 못 채우고 사표를 던지는 상황이 반복되었습니다. 저도 처음 그런 얘기를 들었을 때는 고개를 절레절레 흔들었습니다. 그때만 해도 설마, 제가 그 자리에 갈 줄은 꿈에도 생각하지 못했으니까요.

아, 이건 운명이다

청와대에서 2008년

어느 날, 편집국장과 만나 청와대 전속 사진사 자리에 대해 상의 드렸습니다. 흔쾌히 그 자리에 저를 추천하겠다는 게 아니겠습니까? '허걱! 이건 또 무슨 상황이지?' 확정적 통보여서 저는 멍하니 편집국장을 바라보았습니다. 일이 이렇게 된 데는 저의 고지식한(?) 직업의식도 한몫한 것 같았습니다.

저는 청와대의 주요 정보를 회사에 보고할 의무가 있는 기자였습니다. 서면보다 주로 구두로 보고를 했는데 이야기하다 보면 시시콜콜한 것도 묻어 들어가곤 했지요. 그런 중에 아마 사진사 자리가 비었다는 얘기도 들어갔겠지요.

여기서 그치지 않았습니다. 청와대 전속 중에 학과 선배 한 분이 계셨는데 이분 또한 청와대 비서실의 요청을 받아 제가 졸업한 학교에 연락한 것이지요. 그래서 저에게도 알려졌고 전 사진학과 교수님에게 하고 싶다고 말씀드렸고 마침내 저를 추천하는 상황이 발생하고 말았습니다.

게다가 이름을 밝힐 수 없는 기관에서도 사진을 잘 찍는 사람들 중에서 적당한 인물로 나를 추천하는 우연이 겹쳤습니다. 맹세코 제가 감당할 수 있는 범주 밖에서 벌어진 일이었지요. 비유가 이상하지만, 저도 모르는 사이에 세상이 저를 노무현 대통령 앞으로 보내려는 움직임이 시작된 것이지요.

여기에 더해서 영부인을 보좌하는 제2부속실의 움직임도 예사롭지 않았습니다. 비서실에서는 어디서, 무슨 얘기를, 어떻게 들었는지 몰라도 부속실에 생각해둔 사진작가가 있으면 추천하라고 연락을 했다는군요. 그러면서 우먼타임스의 장철영 기자가 그 일을 하고 싶어 하더라는 말도 덧붙였답니다.

저의 운명은 그 시점에서 결정된 거나 마찬가지였지요. 당시 총무 인사를 총괄하던 행정관이 저에게 전화를 하는 것으로 청와대 전속 사진사를 선임하는 대단원의 종지부를 찍었습니다. 알고 보니 이리저리 합쳐서 모두 네 군데서 저를 추천했다는 것입니다. 마침 청와대 출입기자이니 신원 조회도 문제가 없을 테고 또 기본 수습 과정도 필요 없는 상황이었습니다.

"우먼타임스 편집국장한테도 확인했더니 좋아하더라. 그러니 운명이라 생각하고 당장 다음 주부터 출근하시오!"

난데없이 총무실 행정관의 전화를 받고 만난 저는 어안이 벙벙했습니다. 저는 일단 부르니까 총무과로 올라갔습니다. 네 군데서 추천받은 경위를 그제야 다 확인할 수 있었지요.

상황이 그렇게 돌아가니 저도 그 지경에서는 뒤로 빠질 수도 없었습니다. 아직 회사에는 입도 뻥긋 안 했지만 편집국장이 허락했으니 보고만 하면 당장 다음 날부터 출근하는 데 문제는 없을 것 같았습니다. 회사 업무를 정리해야 하니 다음 주부터 출근하기로 하고 일단 회사로 돌아갔습니다.

그런데 회사로 돌아와서 대표님한테 보고했더니 난리가 났지요. 대표님은 "무슨 뚱딴지같은 소리야?" 라고 하니 말입니다. "절대 안 된다!" 면서 화를 내시기에 저는 소금에 절인 배추처럼 풀이 죽어서 제 자리에 멍하니 앉았지요. 대표님은 저를 상당히 신뢰하고 좋아하셨습니다. '평생 함께 하자' 고 제안도 하실 정도였으니 말이죠.

대표님의 노여움은 편집국장이 나서서 푸는 수밖에 없지요. 제가 할 수 있는 일이 별로 없으니 시간을 들여야 합니다. 저는 마치 죄지은 놈처럼 양순하게 처신하는 수밖에 없지요. 물론 청와대에는 업무 인수인계에 시간이 더 필요하니 일주일 정도 더 걸리겠다고 양해를 구했습니다.

그런데 대표님께서 '청와대 가는 친구를 그냥 이렇게 보낼 수는 없다' 면서 광주에서 당일 바로 안주거리를 공수해서 신문사 내에서 환송연까지 베풀어주었습니다. 참 고마웠습니다. 3년 가까이 내 집처럼 지냈던 회사의 짐을 정리하면서 가슴이 뭉클하더군요.

사실, 제가 청와대로 직장을 옮기기로 결정한 데는 지금은 작고하신 친형의 조언이 결정적이었습니다. 봉급도 적고, 출퇴근 시간도 정해지지 않고, 늘 일에 치이며 살아야 하는 일을 두고 정말 고민이 깊었습니다. 당시 아내와, 이제 막 말문을 열기 시작한 아들을 둔 가장으로서 생활을 꾸려야 했기에 말이지요.

"여기서 이대로 멈출 거냐? 기자로 멈출 거냐? 청와대 봉급이 적을지는 모르겠지만 앞으로 살아가는 데는 엄청난 경험이 될 수도 있다. 아직 나이도 있으니 한번 갔다 와라. 또 네가 노무현 대통령을 존경하고 좋아하니 이런 기회가 다시는 없지 않겠냐. 넌 아직 젊다. 경험해보는 건 큰 힘이 될 거야."

형의 그 말에 용기를 냈습니다. 노무현 대통령을 옆에서 모시면 얼마나 좋을까, 생각했지요. 저는 그렇게 앞으로 어떻게 전개될지 알 수 없었던 저의 '운명'을 향해 한 걸음 내디뎠습니다.

그런데 첫 봉급 수령액이 113만 원이더군요. 각오는 했지만 워낙 낯선 숫자여서 지금도 잘 기억하고 있습니다. 첫 월급이었으니 수당도 없어서 더욱 그랬습니다. 명세서를 보는 순간 숨이 턱, 막혔습니다. 진짜 가시밭길이구나…….

물론 시간이 지나면서 수당도 붙고 호봉도 오르면서 좀 나아졌지만 워낙 박봉이라 당시 유치원생인 큰아이와 아직 갓난아기인 둘째까지, 네 식구의 생계를 겨우 지탱할 수준이었습니다. 모자라는 것은 해외순방 수행할 때 받은 활동비와 식대를 아낀 돈으로 벌충했지요.

기자 생활을 할 때는 급하게 목돈이 필요하면 알바를 뛸 수도 있었습니다. 주말에 각종 행사에서 카메라를 잡으면 급여와 합쳐 500만 원 정도는 벌 수 있었거든요. 그러나 청와대에 들어가면서 그런 일은 불가능했습니다. 집안 경제 측면에서는 매일 살얼음 위를 걷듯 조심하고 또 조심했지요. 까딱 잘못해서 목돈이 들어가기라도 하면 만회하는 게 정말 쉽지 않았으니까요.

2003년 11월, 그렇게 우여곡절을 거쳐 청와대에서 근무를 시작했습니다.

MDL 도보로 북측으로 이동 중 2007년 10월

솔직히 고백하자면, 그때 이미 저는 '대통령 노무현' 못지않게 '인간 노무현', '정치인 노무현', '선배 노무현' 의 매력에 빠져들고 있었습니다. 공식 행사 와중에, 또 행사 전후의 막간에 내비치는 인간 노무현의 냄새에 취하기 시작했던 것이지요. 그래서 더 욕심을 냈는지도 모르겠습니다. 그의 개인적인 일상, 인간적인 풍모, 우리가 원했던 대통령의 모습을 다양하게 기록으로 남기고 싶은 욕심 말입니다.

2장

저의 대통령님,
노무현

기록에 대한 노무현 대통령의 소신

한국 보도사진전 관람중에 2004년 1월

노무현 대통령께서는 대통령의 모든 걸 기록으로 남겨야 한다고 말씀하셨지요. 낱낱이 투명하게 기록하는 것도 대통령의 중요한 임무라 생각하셨습니다. 대통령이라는 지위는 극히 개인적인 사정 외에는 사적인 것과 공적인 것의 구분이 없다고 여기셨지요.

대통령님 곁에서 지켜보며 촬영할 때는 잘 몰랐는데 제법 세월이 흐른 뒤에 그 시절의 일들을 다시 정리하면서 새삼 많은 걸 느낍니다. 아시다시피 대통령은 가장 높은 지위의 공인(公人)입니다. 그게 무엇을 의미하는지 대통령님은 그때도 알고 계셨던 게 아니었을까……. 모든 권력이 국민으로부터 나오는 것처럼 그 권력을 위임받은 대통령은 국민의 세금을 한 푼도 허투루 써서는 안 된다는 것을, 그래서 위임받은 권력을 행사하는 모든 과정을 낱낱이 기록으로 남기려 했던 게 아니었을까…….

최근 몇 년 사이 이미지와 영상물 위주의 SNS가 많은 사람의 관심을 끌었습니다. 저마다의 작지만 소중한 일상을 친한 지인과 공유하는 게 유행입니다. 일상의 공유를 통해서 더 많은 사람과 소통하고 관계를 유지하는 것이지요. 이처럼 노무현 대통령님도 정보와 감성의 공유를 통해 더 많은 시민과 소통하려 했다고 저는 생각합니다. 그것도 20여 년 전에 말이지요. 그런 점에서도 노무현 대통령은 시대를 조금 앞서 걸어갔던 분입니다.

대통령님의 '특별과외'

저는 청와대 춘추관 소속으로 노무현 대통령의 각종 공식 일정에 참여해서 사진으로 기록을 써나갔습니다. 대통령의 공식 일정에는 대부분의 언론사 사진 기자들의 취재가 몰렸지요. 제가 기자 출신이니 같이 일하는 데는 별 어려움이 없었습니다. 취재 라인을 꼭 지켜야 하는 언론사 소속보다 좀 더 자유롭게 움직일 수 있어서 다양한 사진을 만들 수 있었습니다.

그렇게 조금 시간이 흐르자 언젠가부터 저는 뭔가 부족하다는 느낌이 점점 커졌습니다. '대통령 노무현' 의 기록도 중요하지만 그에 못지않게 '인간 노무현' 에 대한 기록도 중요하지 않을까, 하는 것이었지요. 이런 생각을 하게 된 데는 영부인 권양숙 여사님의 영향도 있었습니다.

대선 기간을 거치면서 저를 친하게 여겨서 그랬는지 권 여사님은 종종 비공개 일정에도 저를 자주 찾았습니다. 주로 가족 모임이나 식구들 생일 같은 기념일이 그랬습니다. 또 특별한 날이 아니어도 주말에 가족이 관저에 모일 때면 종종 저한테 양해를 구하곤 하셨지요. 하루가 다르게 커가는 손자들의 모습을 사진으로 남기고 싶어 하셨습니다. 마치 따뜻한 마음씨를 가진 이웃 할머니, 저의 어머니를 보는 듯 했습니다.

사정이 이렇게 되자 저 또한 말 못 할 고민이 생겼습니다. 자주 관저로 이동하다보니 춘추관의 상급자 눈치를 안 볼 수 없게 된 겁니다. 일과 시간에 대통령의 공식 일정이 빌 때는 가급적 자리를 지키는 게 관례이니까요. 그러니 대통령 내외분이 찾으면 윗선에 보고하기도 그렇고 자리를 비우자니 보고를 안 할 수도 없게 되는 겁니다. 하급자가 수시로 통제권을 벗어나는 걸 좋아할 직장 상사는 없는 법이니까요. 자주 그런 상황이 발생하다보니 제 처신이 마치 맷돌 사이에 낀 콩처럼 버거웠습니다.

그러던 어느 날, '이대로는 안 되겠다' 싶어 제가 용기를 냈습니다. 주로 대통령의 비공식 일정을 담당하는 제1부속실에 제안서를 제출했습니다. 대충 이런 내용이었습니다.

'인간 노무현' 의 모습을 생생하게 남기고 싶다. 그렇게 하는 것이 대통령의 모든 걸 기록으로 남겨야 한다고 말씀하신 대통령님의 취지에도 맞다. 그러려면 나의 업무 범위를 넓혀서 공식이든 비공식이든 가리지 않고 내가 일할 수 있도록 해주는 게 어떤가. 내가 깊이 생각해서 제안하는 것이니 부속실에서도 깊이 생각해주었으면 좋겠다.

제 제안대로 업무가 공식화되면 사실, 저로서는 더 힘든 처지가 됩니다. 가끔은 한숨 돌리던 주말이나 휴가가 아예 없을 가능성이 크니까요. 잠자는 시간만 빼고는 하루의 대부분을 청와대에서 벗어날 수 없을 테니까 말입니다.

그런데 솔직히 고백하자면, 그때 이미 저는 '대통령 노무현' 못지 않게 '인간 노무현', '정치인 노무현' 그리고 '선배 노무현'의 매력에 빠져들고 있었습니다. 공식 행사 와중에, 또 행사 전후의 막간에 내비치는 인간 노무현의 냄새에 취하기 시작했던 것이지요. 그래서 더 욕심을 냈는지도 모르겠습니다. 그의 개인적인 일상, 인간적인 풍모, 우리가 원했던 대통령의 모습을 다양하게 기록으로 남기고 싶은 욕심 말입니다.

며칠이 지나도 제1부속실에서는 아무런 회신이 없었습니다. 처음에는 기대 반, 궁금 반이었다가 차츰 포기하는 마음이 더 커졌지요. 저는 좀 심드렁해져서 풀이 죽었지요. 할 수만 있으면 참 좋은 일인데, 아이고, 아까워라…….

그러던 어느 날입니다. 당시 제1 부속실의 책임자였던 문용욱 실장이 저를 찾더군요. 부속실로 갔더니 대통령께서 직접 결정해서 마음껏 촬영을 하도록 했다고 알려주었습니다. 그러고는 곧 부속실에서 각 부서에 내용이 전달될 거라는 사실도 알려주는 게 아니겠습니까? 제가 배속되어 있는 춘추관은 물론이고 외교부, 경호실에도 공식 통보한다는 것이었습니다. '앞으로 전속 사진사인 장철영이 대통령을 촬영하는 일에는 아무도 간섭하지 말라'는 내용의 말입니다. 정말로 '헐~~!' 이었습니다.

나중에 김경수 형에게 그간의 사정을 듣고 저는 정말 감동했습니다. 저의 제안(어떻게 보면 하찮은 제안에 불과했을 수도 있는 일입니다)을 두고 제1부속실 전체가 회의를 열었다는군요. 이런 전례가 없었기 때문이랍니다. 문용욱 실장이 부속실에서 주재한 회의에서 결론이 나지 않아 찬반을 물었더니 공교롭게도 찬성과 반대가 딱 절반씩 나왔답니다. 부속실에서 결정을 내릴 수 없게 되자 마지막으로 저의 제안을 대통령님께 보고했다는군요. 대통령님과 직접 관련되는 사안이니 대통령님이 판단하시도록 한 겁니다.

　놀랐습니다. 직급으로 말단 직원에 불과한 제가 올린 보고서를 담당 부서 전체가 검토했다는 것, 그리고 책임자인 실장이 판단해서 그 결과를 대통령에게까지 보고할 수 있는 시스템이 있다는 사실에 놀랐습니다. 그리고 최종적으로 대통령께서 직접 OK하셨다는 사실에 더 놀랐습니다. 또 각 부서에 내용을 보내 업무 영역을 구체화한 배려에 더더욱 놀랐지요. 그만큼 노무현 대통령의 청와대가 개방적이었고 협력적이었으며 수평적인 관계에서 업무가 추진되었다는 것을 입증하는 하나의 사례였거든요.

　지금 돌아보면 별일 아닐 수도 있지만, 당시로서는 정말 파격적이었습니다. 흔히 경직된 조직(권위적인 분위기의 회사든, 공공기관이든)에서 의사결정이 이루어지는 과정과 비교하면 금방 이해할 수 있을 겁니다. 갓 입사한 신입 직원의 제안을 두고 부서 전체가 회의할 수 있을까요? 그리고 그 사안이 최고 결정권자에게 전달될까요? 아마도 보통은 "야, 하지마. 쓸데없는 소리 말고 니 일이나 잘해." 뭐 이런 정도가 아닐까 예상됩니다만…….

아무튼 그런 '신박한' 과정을 거쳐 저는 대통령의 공식 일정은 물론이고 비공식 일정까지 전담하는 '대통령의 사진사'로 자리를 잡았습니다. 업무 범위가 확장되면서 저는 최소한의 자유 시간도 누릴 수 없게 되었지요.

저는 항상 대기 상태였습니다. 만찬이라도 있는 날엔 행사 시작 전에 촬영할지 끝난 뒤에 할지가 문제였지 만찬장을 벗어날 수 없었지요.

그 외에도 잠깐 산책을 하시거나 공식 일정 사이 잠깐 비는 시간, 개인적으로 보내는 시간을 사진으로 남기는 일도 중요했습니다. 주말에 북악산이나 북한산 등산을 하는 경우는 반드시 따라갔습니다. 외국 순방 중에는 24시간을 대기했지요. 외국에서는 공식 일정은 물론이고 비공개 일정에도 눈썹이 휘날리도록 따라붙어야 했습니다. 늘 새로운 이슈와 상황이 전개되었고 긴박한 순간들을 카메라에 담으면서 저의 내공(?)도 쑥쑥 자랐습니다.

매순간이 선택과 결정의 연속인 현장에서 저는 정말 많은 것을 배웠습니다. 노무현 대통령이라는 가정교사에게 '특별과외'를 받은 사람은 아마 제가 유일할 겁니다. 대통령이 펼치는 정치와 외교가 어떤 것인지 보았습니다. 상충하는 이해관계 속에서도 적절하게 균형을 유지하는 감각을 배웠습니다. 무엇보다 생명과 평화라는 정치의 본령을 가장 열심히 실천했던 용기를 느꼈습니다. 눈앞의 이익에 흔들리지 않고 더 큰 꿈과 희망을 간직하고 전진하는, 불굴의 한 인물을 지켜보았습니다.

청와대 관저 2007년 10월

집에서는 면목 없는 가장

 존경하는 인물을 따르면서 감동하고 뿌듯
해하며 자랑스러워하는 동안, 가장으로서의 저는 낙제점이었습니
다. 사정이 이렇다보니 가장 면목 없는 곳이 저의 집이었습니다. 당
시 저에게 집이란 잠시 들러 쪽잠을 자고 옷을 갈아입는 장소였지
요. 집에는 매일, 무조
건 들어와야 했습니다.
대통령님을 밀착해서
수행하는 직업이라 조
금이라도 땀내가 나면
곤란해서 날마다 옷을
갈아입어야만 했지요.
또 밥 먹을 시간이 늘
부족해서 기회가 되면
일단 많이 먹어두는 습
관이 들었습니다.

일산에서 세아들과 2008년 2월

2004년, 둘째가 태어났을 때 저는 아내 곁을 지키지 못했습니다. 제주도 출장에서 돌아온 서울공항에서 아내의 전화번호로 전화가 왔습니다. 목소리는 첫째 녀석이더군요.

"아빠, 제 동생이 나왔어요."

씩씩하고 밝은 목소리였는데 저는 너무 미안해서 눈물이 찔끔 흘러내렸지요. 아이고, 내 팔자야~!

둘째를 가졌을 때 그동안 살던 서대문구 북가좌동에서 일산으로 이사를 했답니다. 그래서 그때 일산은 낯선 객지나 다름없었지요. 칭얼대는 큰 녀석을 돌보면서 부른 배를 안고 분만실에 들어갔을 아내를 생각하니 그렇게 미안하고 죄스러울 수가 없었습니다. 그게 벌써 20년이 되었네요.

노무현 대통령은 아무리 힘들어도 새벽 6시 전에 일어나서 보고서를 검토했습니다. 보통 7시에는 회의가 잡혀 있어서 그랬습니다. 따라서 저는 늦어도 6시 반에는 청와대에 도착해서 대기해야 했습니다. 비서실에서 언제 부를지 모르기 때문이지요. 저녁에는 대부분 만찬이 있어서 끝나면 밤 10시 전후가 되었습니다. 노무현 대통령은 다시 보고서를 검토하시거나 이지원 시스템에 올라오는 보고서를 읽고 나서 자정이 되어서야 취침하셨지요.

청와대 본관 소집무실 2007년 10월

집무실은 본관에도 있었고 여민관에도 있었습니다. 본청 집무실 옆에 소집무실이 따로 있었는데 거기서 담배도 피우시고, 차를 마시면서 편하게 참모들과 회의도 하고 토론도 하셨지요. 그러니 저는 거의 매일 새벽별을 보면서 집을 나서서 한밤중의 별빛을 받으며 귀가했습니다. 지금 돌아봐도 신기한 것은 그렇게 일하면서도 그때는 출퇴근이 그렇게 힘들지 않았다는 것이지요. 제가 단단히 무엇에 씌었던 때여서 그랬던 모양입니다.

모난 돌, 그리고 밀양의 영남루

2007년 늦봄에서 초여름으로 접어들던 7월 중순이었습니다. 노무현 대통령님이 밀양의 영남루를 찾았습니다. 밀양강의 한쪽 절벽에 자리한 이 누각에는 '영남제일누각'이라는 현판이 걸려 있을 정도로 빼어난 주변 풍광과 위용을 자랑합니다. 최근에는 보물에서 다시 국보로 지정된다는 얘기도 있을 정도입니다.

이때는 마침 노무현 정부의 초대 문화관광부 장관을 지낸 이창동 감독의 영화 〈밀양(密陽)〉이 발표되고 두 달쯤 되었을 때였습니다. 대통령님과 수행원들은 영화 〈밀양〉과 영남루가 자리한 밀양, 그리고 밀양강의 풍광에 대해 두런두런 이야기하면서 누각에 올랐습니다.

그런데 누각에 오르는 섬돌에 '신발은 신발장에' 넣어달라는 주의 문구가 쓰여 있었습니다. 대통령님은 주저없이 마루턱에 걸터앉아 등산화의 끈을 풀었고 저는 그 장면을 카메라에 담았습니다. 대통령님을 안내하던 영남루 관계자들이 만류했지만 대통령님은 신발을 벗었습니다.

"신발 벗고 가라는데 나만 어기면 쓰나."

밀양 영남루 2007년 7월

　그런 다음 영남루의 마룻바닥을 거닐며 안내하는 분의 설명에
귀를 기울였습니다. 사실 대통령님을 수행하면서 이런 모습은 익
히 보아왔습니다. 모두가 지키는 규칙은 대통령님도 예외 없이 따
랐지요. 작은 특권도 누리려 하지 않았습니다. 평범한 시민처럼 소

탈하셨지요.

이처럼 대통령님의 격의 없는 모습은 참 많이 남아 있습니다. 그 중에는 제가 무례를 무릅쓰고 촬영한 사진도 많이 있지요. 촬영할 때 그 순간의 시간과 공간이 함께 저장되어 있습니다. 신기하게도 제가 셔터를 눌렀던 장면들은 그 찰나의 순간뿐만 아니라 그 시점의 앞뒤 맥락과 연결된 대통령님의 말씀과 표정과 분위기까지 오롯이 기억나곤 합니다.

그런데도 영남루의 섬돌에서 등산화를 벗는 대통령님의 사진은 시간이 갈수록 새롭게 보입니다. 그리고 언젠가부터 대통령님이 생각날 때마다 가장 먼저 머릿속에 떠오르는 장면이 되었습니다. 저 편안하고 여유로운 미소가 저에게 많은 질문을 하는 것처럼 느껴졌기 때문이지요.

다들 아시겠지만 대통령님은 정해진 규칙을 지키는 사람입니다. 설사 그 규칙이 당장 자신에게 불리하더라도 회피하지 않는 분입니다. 16대 대선 경선을 준비하면서 당시 지지율이 낮았던 김대중 전 대통령과 결별하라는 제안을 단숨에 물리친 것을 보더라도 알 수 있는 성품입니다.

그런데 제가 알고 있는 노무현 대통령님은 스스로 규칙을 지킬 뿐만 아니라 규칙을 지키지 않는 사람들을 그냥 지나치지 않는 분이기도 했습니다. 잘못을 지적하고 나무라고 설득하는 분이었습니다. 말로 해서 안 되면 시비라도 걸어야 하는 분입니다. 그래도 안 되면 싸움도 마다하지 않는 분이지요. 필요하다면 기꺼이 '모난 돌'이 되기도 했던 어른입니다. 점잖은 척, 고상한 척, 신사인 척하면서 뒤로 숨는 사람들과는 확실히 다른 분이었다고 저는 기억합니다. 똥이 무섭지 않다면, 다들 정말로 더러워서 피한다면, 피하지 않고 그 똥을 치우려고 소매를 걷어붙일 분이라고 저는 믿습니다.그래서 출마를 준비하면서 이 사진이 가장 먼저 떠오르는지도 모르겠습니다. 저 여유로운 웃음을 머금고서 대통령님이 마치 저에게 질문을 던지는 듯합니다.

'자네는 규칙을 어기는 사람들을 어떻게 할 생각인가? 지적하고 나무라고 싸울 수 있겠는가? 무서워서 피하지 않을 자신이 있는가? 기꺼이 맞서 싸울 용기는 있는가? 권력자가 되면 작은 규칙이라도 어기지 않을 자신이 있는가? 기꺼이 모난 돌이 되려는 결심은 했는가'

그런 질문에 저는 최선을 다해 대답합니다. **네, 네, 네. 대통령님!**

그래서 요즘의 저에게 이 사진은 마음속 가장 깊이 자리 잡은 대통령님의 모습이 되었습니다.

죽어도 더는, 못 가겠습니다!

제가 가장 힘들어 하는 취미는 등산입니다. 달리기를 즐기시는 분들도 좀 이해하기 어렵습니다만, 그래도 그분들은 마라톤 풀코스가 아니라면 한두 시간 정도 열심히 달리는 것이니 전혀 이해 못 할 취미는 아닙니다. 반면에 등산은 그냥 한두 시간으로 끝나지 않지요. 적어도 서너 시간, 보통은 한나절 동안 가파른 경사를 오르내려야 하는, 저한테는 중노동에 해당하는 일이어서 그렇습니다. 왜냐하면 카메라 장비 때문이죠.

그런데 노무현 대통령님의 취미가 등산입니다. 저한테는 아주 비극이었지요. 대통령님을 5년 동안 수행하면서 가장 힘들었을 때도 등산을 따라나서는 일이었습니다. 무거운 카메라와 장비를 둘러메는 것도 그러려니와 그림이 될 만한 곳을 찾으려면 대통령님을 앞질러서 구도를 잡아야 했지요. 그러니 비탈면을 걸어서 오르는 등산이라기보다 산악마라톤에 더 가까웠습니다. 북악산이나 인왕산은 높이라도 낮아서 그런대로 견딜 만 했는데…….

그러나 기어코 북한산에 가는 사태(?)가 일어나고 말았습니다. 겨

우물목 마을 2006년 11월

울이 깊어가던 어느 일요일이었습니다. 북한산 백운대로 오르는 길에서 저는 정말 죽는 줄 알았습니다. 숨이 깔딱 넘어간다는 깔딱고개에 이르기도 전에 저는 숨이 넘어가고 있었지요.

더 이상은 죽어도 못 가겠다고, 정말 비명처럼 한탄이 저도 모르게 터져 나왔는데 일순간, 주위가 숨소리 하나 없이 적막해졌습니다. 분위기가 얼음물이라도 끼얹은 듯 수상해서 돌아보았더니 바로 뒤에 대통령님이 눈을 끔벅거리면서 저를 바라보고 있지 않겠습니까? 눈이 마주치면서 제 머리털이 쭈뼛했는데, 대통령님은 빙그레 웃으시는가 싶더니 빙글, 몸을 돌리시고는 "우리, 여기서 좀 쉬었다 갑시다" 하시더군요. 그러고는 누가 말릴 새도 없이 바로 앞 바위 옆 공간에 당신께서 먼저 털썩 주저앉으셨습니다.

그러자 경호팀이 술렁거렸습니다. 대통령께서 맨바닥에 그냥 앉으셨으니 이런 결례가 없습니다. 방석을 찾고 간단한 음료와 간식을 챙기고…… . 대통령님은 만류하시고는 아무렇지 않게 수행원들에게 농담을 던지며 대화를 이끌어갔지요. 저는 한숨을 돌리는 것까지는 좋았는데요, 마음은 한없이 불편했습니다. 제가 투정부린 걸 일행들이 다 들었으니 수습할 길이 난감했습니다. 산행도 엄연히 대통령의 비공개 행사인데 거기에 대놓고 '항명' 한 것이나 마찬가지였으니까요. 어떤 불호령이 떨어지더라도, 또는 이 사태가 제 상급자의 귀에 들어가기라도 하면 감당할 방법이 없었지요. 한숨이 절로 나왔습니다.

그런데 제 마음을 어떻게 아셨는지 대통령님은 한참을 쉬신 다음 자리를 툴툴 털고 일어서면서 이렇게 말하는 것이었습니다.

"이만큼 왔으면 북한산 다 온 거나 마찬가지니까……, 그만 내려가 볼까요?"

그러고는 당신께서 먼저 앞장을 서시면서 왔던 길을 되돌아 내려가시는 겁니다. 수행원들도 내심 힘들었는지 아무 소리 없이 대통령님 뒤를 따랐지요. 그날의 해프닝은 그렇게 막을 내렸습니다.

그런 일이 있은 뒤로 대통령님은 다시 북한산 등반을 하지는 않으셨습니다. 저 때문이 아니라 경호상의 여러 문제가 겹쳐서 그랬지요. 그날 저도 느꼈지만 대통령이 등산을 시작하면 어쩔 수 없이 경호팀이 일정한 거리를 통제하게 되는데 일반 등산객들은 아무래도 불편할 수밖에 없습니다. 오르막이든 내리막이든 산행이 막히고 등산로가 밀릴 수밖에 없지요.

그래서 대통령님은 청와대 옆의 인왕산과 북악산을 자주 오르셨습니다. 당시 북악산은 전면 통제였고 인왕산은 부분 통제였는데 대통령님이 몇 번 다녀보시고는 북악산 통제를 전면적으로 풀었지요.

"이렇게 좋은 산을 나 혼자 보기에는 너무 아깝지 않습니까. 계속 막아두면 안 되겠지요."

대통령님은 그런 분이었습니다

2006년 12월이 되자 대통령님은 자주 산행을 나가셨습니다. 주말마다 산에 오르셨지요. 등산은 여전히 저에게는 고행의 순례였습니다. 대통령님은 아주 날렵하게 산을 오르내리셨습니다. 주로 북악산

북악산 산행 2006년 12월

으로 산행을 나가셨는데 저는 대통령님이 등산하는 속도만큼이나 씩씩, 거친 숨을 몰아쉬는 수밖에 없었지요. 날이 갈수록 저도 북악 산만큼은 익숙해져서 나중에는 북악산 다람쥐처럼 비탈길을 오르내렸지요. 서당에서 3년을 지내면 풍월을 읊는다는 짐승도 있다는데요, 뭘. 북악산 정상까지는 좀 느린 걸음으로도 1시간이면 너끈했습니다. 그리고 정상에 도착하면 경호팀에서 방석과 간식을 내놓았습니다. 간식으로는 주로 곶감과 오이 등이 나왔지요.

이날 인왕산 정상에서 대통령님은 방석 대신 잠시 쪼그려 앉은 채 곶감 드시는 걸 즐겼습니다. 곶감의 씨를 훅 뱉어내기도 했죠. 씨는 산에 새들이나 동물이 먹으니 쓰레기를 버린 게 아니라고 하면서요.

그런 모습이 참 친근해보여서 저는 좋았는데 세상 인심이라는 게 저와 같지는 않더군요. 같은 장면에서도 해석이 다른 영화 관객들처럼 말이지요.

대통령님께 한창 쏟아지던 비판은 '경박하다, 대통령으로서의 품위가 없다, 말이 거칠고 함부로 한다, 감정을 다스리지 못 한다' 등등이었습니다. 이런 비판은 마땅한 기준 없이 내려지는 것이어서 오히려 더 감정적이고 주관적인 평가이지요. 그래서 이런 비판을 뒤집으면 그대로 대통령님의 장점이 됩니다. 품위가 없는 게 아니라 소탈하고 정직한 태도이고, 거친 게 아니라 속 시원하게 말하는 것이며, 가식이 아니라 솔직한 감정을 드러내는 것이지요.

당시만 해도 군부독재의 유산인 권위의식이 사회 곳곳에 여전히 팽배하던 시절이었습니다. 정치를 통치로 알고 선출직을 선민의식으로 생각하던 사람들이 우리 사회의 상층부를 차지하고 있었지요. 그런 사람들 눈에 대통령님이 어떻게 비쳐졌을지 짐작하고도 남습니다.

지금과 비교하더라도 민주주의나 시민의식이 성숙하려면 더 시간이 필요했다고 저는 생각합니다. 그래서 만시지탄(晩時之歎), 요즘 대통령님을 생각하다 보면 탄식이 절로 나올 때가 있습니다. 보수적이 아니라 고리타분한 특권의식을 마치 태어날 때부터 누리는 권리처럼 생각하는 사람들, 반공이라는 이념에 평생을 묶인 사람들, 그래서 운동권보다 더 이념을 맹종하는 사람들, 모든 걸 돈과 경제 논리로 판단하는 사람들, 미국과 일본이라면 자다가도 벌떡 일어나 무릎을 끓는 사람들이 여전히 득세하던 시절에 대통령의 자리에 오르셨던 게 참으로 안타까워서 그렇습니다.

시민들 의식이 조금 더 깨어나고, 민주주의의 의미가 더 확산되는 때, 차라리 조금 늦게 대통령의 자리에 올랐다면 어땠을까. 무능하고 부패한 자들이 보수주의자를 참칭해서 국민 위에 군림하는 것을 국민이 나서서 막은 뒤에 우리의 지도자가 되셨더라면……. 아니, 정말 당신께서 탄식한 것처럼 구시대의 막차가 아니라 새로운 시대를 여는 첫 대통령이 되었더라면!

부질없는 상념입니다만, 대통령님이 떠나신 뒤 세월이 흐를수록 그런 생각이 더 짙어집니다. 만약 그럴 수만 있다면 지금 우리가 겪고 있는 이 한심한 세상은 아닐 것 같아 더욱 그렇습니다.

이때쯤 강원도에서 보낸 휴가기간 동안 참 재미있는 일이 많았습니다. 대통령님은 산을 좋아하셨고 산길에서 만나는 나무와 꽃마다 이름을 부르고 설명을 덧붙이곤 했습니다. 눈에 들어오는 산은 꼭 그 이름을 물었고 애정의 눈빛을 숨기지 않으셨습니다.

옛 어른들은 '지자요수 인자요산(智者樂水 仁者樂山)'이라고 했답니다. 지혜로운 사람은 물을 좋아하고, 어진 사람은 산을 좋아한다는 뜻이지요. 그래서 '지혜로운 자는 움직이고(智者動), 어진 자는 고요하다(仁者靜)'고 했답니다. 또 찾아보니 '지혜로운 자는 즐기고(智者樂), 어진 자는 오래 산다(仁者壽)'라고도 했더군요.

하지만 제가 본 대통령님은 늘 활동적이면서 또한 어진 분이었습니다. 아랫사람들의 웬만한 결례에는 관대하셨지요. 힘든 일상도 즐기셨고 아무리 급박한 가운데서도 유머와 여유를 잃지 않았습니다. 이날 대관령 휴양림 산길에서도 그랬습니다.

대관령 휴양림 2007년 4월

일행과 한참 산길을 걷다가 대통령님은 잠시 쉬자고 했고 모두들 앉을 곳을 찾았습니다. 그런데 대통령님은 그냥 땅바닥에 털썩 앉으시고는 바로 신발을 풀어 안에 들어간 돌을 털어냈습니다. 아마 갑자기 돌이 신발에 들어와서 그랬나 봅니다.

그 광경을 본 일행들이 폭소를 터뜨렸습니다. 신발 안에서 불쑥 밖으로 나온 발가락 양말 때문에 말이지요. 대통령님의 발가락 양말은 청와대 안에서 유명했는데 그날은 왜 그렇게 웃음이 터졌는지 모르겠습니다. 저도 눈물이 찔끔, 묻어날 정도로 배를 잡고 웃었습니다. 웃느라 카메라가 흔들려서 촬영하는 데 애를 먹었지요.

　대통령님은 그런 분이었습니다. 늘 활동적이셨지요. 산은 물론이고 사람에게도 호기심이 많아서 이야기 나누는 것을 즐기셨습니다. 그래서 더욱 안타깝습니다. '어진 사람은 산을 좋아하고 오래 산다'고 옛 어른들은 분명히 말했는데 대통령님은 너무 일찍 우리 곁을 떠나셨기 때문입니다. 옛말이 틀릴 수도 있다는 것을 왜 하필 대통령님이 증명하셨는지 지금도 안타깝고, 생각할 때마다 대통령님을 지키지 못한 것이 더욱 후회됩니다.

이런, 비밀 촬영인데 플래시가!

2004년은 그야말로 드라마틱한 한 해였습니다. 대통령 탄핵이 있었지만 헌법재판소에서 기각되었고 4월에 치러진 17대 총선에서 열린우리당이 과반 의석을 차지하는 성과를 거두었습니다. 그해 12월, 노무현 대통령은 대한민국 최초로 영국을 국빈 자격으로 방문했습니다. 해마다 한 번뿐인 영국 왕실의 행사에 대한민국 대통령을 초대한 것이지요. 그만큼 국빈 방문 행사는 성대하게 치러졌습니다.

대통령님은 담배를 많이 피우지는 않으셨지만 제 눈에 자주 들켰지요. 비서진과 비공식적인 회의에서는 담배를 꺼내놓았고, 주요한 일정이나 행사를 마친 뒤에 자리에 앉으면 담배를 찾으셨지요. 그런데 담배를 피우는 사진은 보지 못했습니다. 일부러 찾아봐도 없더군요.

아마도 새로운 세기(2000년대)에 접어들면서 담배가 단순한 기호품이 아니라 건강에 해로운 악취미, 그래서 혐오하는 분위기가 팽배했기 때문일 겁니다. 또 1987년 민주화 이후 담배를 피우는 대통령이 없었거나 굳이 그런 사진을 남기지 않는 것이 관행처럼 굳어진 탓도 있겠지요.

하지만 저는 대통령님의 공식 기록뿐만 아니라 개인적인 기록도 남겨야 하는 직책이었지요. 전례가 어떠했든, 관행이 무엇이었든 간에 대통령님이 담배를 즐기셨다는 자료는 남겨두어야 했습니다. 그래서 언젠가는 꼭 그 모습을 카메라에 담고 싶었지요. 마침내 영국 국빈 방문 때 기회가 찾아왔습니다.

영국 왕실이 초청한 국빈 방문이어서 치열하게 외교전이 펼쳐지는 공식 방문이나 각국 정상이 모이는 국제회의와는 성격이 좀 달랐습니다. 왕실의 중요한 행사에 참석하는 것이 방문의 목적이었으므로 의전 중심으로 일정이 짜였지요. 스케줄도 정상회담처럼 그렇게 빡빡하지 않았습니다.

마침 다음 일정까지 시간이 비어서 대통령님이 조용한 장소에서 잠시 휴식하기 좋은 타이밍이었습니다. 정장차림 그대로 응접실 의자에 깊숙이 몸을 기댄 대통령님은 아주 자연스러운 동작으로 담배를 물고 불을 붙였습니다. 드디어 제가 고대하고 기다리던 순간이 된 것이지요.

대통령님이 알아채지 못하도록 저는 살그머니 카메라를 꺼내들었습니다. 촬영한다는 것을 의식하면 아무래도 표정이나 동작이 굳어질 것 같아서 말이지요. 제 바람을 아시는 것처럼 대통령님은 정말 맛있게 담배 연기를 위로 뿜어내셨습니다. 저는 '이때다' 싶어서 숨도 안 쉬고 몰래 카메라 셔터를 눌렀습니다, 아, 그런데…….

난데없이 플래시가 '펑' 하고 터져버리는 게 아닙니까. 셔터를 누른 저도 혼이 빠질 만큼 놀랐으니 플래시 세례를 받은 대통령님이야 오죽하셨겠습니까. 깜짝 놀란 대통령님의 얼굴을 차마 마주할 수 없어서 저는 고개를 푹 숙였습니다.

"죄송합니다."

아, 이런……. 사진을 찍느라 잠깐의 휴식도 방해한 게 정말 죄송했지요. 제 욕심이 너무 앞섰던 것이지요. 다행히도 대통령님은 아

영국에서 2004년 12월

무 일 없었다는 듯 담배 몇 모금을 더 빨아들이셨습니다. 저는 안도의 한숨을 내쉬고 다시 카메라를 들어 몇 컷을 더 담았습니다. 버릇없이 굴어서 죄송했지만 담배 피우는 장면은 앞으로도 허락한다는 뜻으로 받아들였습니다. 소기의 목적은 달성한 셈이지요.

그날 이후로 저는 대통령님의 담배 피우는 모습을 편안하게(?) 촬영했습니다. 그래서 개인적인 모습을 담은 사진에는 대통령님과 담배의 비중이 비슷하게 나옵니다. 공식 일정 사이, 회의 중간에 무거운 대통령의 지위를 잠깐 내려놓을 때의 인간적인 모습을 잡으려니 그럴 수밖에 없었지요. 길게 연기를 내뿜는 그 모습에서 책임감의 무게가 카메라 렌즈에 묵직하게 전해졌습니다.

담배를 무는 대통령님의 표정은 천 가지 만 가지나 됐습니다. 고뇌, 안도, 아쉬움, 안타까움의 순간들이 스쳐지나갔고 주름 하나하나가 미세하게 변화를 일으키지요. 잘 해결된 일에도 고뇌가 있고 난감한 상황에서도 의지를 굽히지 않는 정신력이 겉으로 드러나는 순간입니다. 그런 이슈들과 사진을 연결시키면 맥락이 구성되고 스토리가 만들어지곤 했지요. 대통령님은 저를 '프로'라고 인정해주었지만 모니터에 떠오른 대통령님의 사진을 볼 때마다 꼭 2%씩 부족하다고 생각했습니다. 미처 포착하지 못한 순간이 눈에 띄고 그래서 오래 자책하기도 했습니다.

그래도 당시에 저는 세상에서 가장 행복한 사진사였습니다. 대통령님이 세상을 바라보고 품으려는 방식이 얼마나 따뜻하고 정의로

운지, 다른 사람도 아닌 대통령께서 직접 가르쳐주었으니까요. 지금도 자주 앞이 캄캄할 때마다 대통령님이 남긴 추억을 돌아봅니다. 20년 전이나 지금이나 여전히 대통령님은 저의 '특별한 과외교사' 입니다.

영국 국빈 방문을 마치고 귀국한 뒤에는 제가 촬영한 대통령님과 여왕의 사진이 아주 좋다며 영국왕실에서 사진을 제공해달라는 요청이 왔지요. 제가 셔터를 눌렀다고 해서 제 소유가 아니니 대사관을 통해 공문을 보내주면 좋겠다고 부탁했습니다. 그랬더니 바로 다

영국 국빈 만찬 2004년 12월

음날 정식 공문이 오더군요. 비서실 허락을 받아 아낌없이 사진 파일을 전해주었습니다. 꼭 공문이 아니어도 웬만하면 대통령님과 함께 렌즈 프레임에 들어온 분들께는 꼭 사진을 보내드렸습니다. 특히 대통령님이 외국 순방 중에 촬영된 사진은 귀국 후에 대사관을 통해서 무조건 보내드렸지요.

역대 대통령들이 모두 그랬듯이 대통령님도 외국 순방 중에 꼭 빠지지 않는 행사가 현지 교민과 만나는 것입니다. 경호 문제 때문에 사전에 각국 주재 한국대사관에서 명단을 받아 신원조회 절차를 거친 분들만 참석하는 일정입니다.

다양한 사연으로 이역만리 타국 땅에서 건실하게 살아가는 분들을 뵈면 참 여러 감정이 뒤섞이곤 합니다. 크고 잘사는 나라에 살면 몰라도 한국에서 멀리 떨어진 작은 나라에 거주하는 분들은 우리나라 대통령을 평생에 한두 번 볼까 말까입니다. 그러니 만찬장에 들어서는 어르신들은 대통령님을 보자마자 눈물부터 흘리는 분이 많습니다. 행사 진행이 어려울 정도로 눈물바다가 된 적도 있었지요.

어쨌거나 영국을 다녀와서 저는 대한민국 대통령 전속 사진사로서 자부심이 부쩍 커졌습니다. 영국 왕실에도 사진을 볼 줄 아는 사람이 있었으니까요.

손녀와 경호(警護)

대통령님이 3살 손녀와 자전거를 탄다는 전화가 걸려온 이날의 기억은 여전히 생생합니다. '자전거'라는 말을 듣자마자 머릿속에 그림이 떠올랐고 전화기를 던지다시피 끊고는 카메라를 들쳐 메었지요. 비서동 마지막 문을 어떻게 열었는지도 모르겠습니다.

그 당시에 자전거는 일종의 유물(遺物)이었습니다. 시골에서라면 몰라도 서울 한복판에서 자전거라니요. 그것도 안장 뒤에 짐받이가 있는 자전거라니…… 그런데 정말로 대통령님이 떡하니 손녀를 뒤에 태우고 유유히 관저에서 내리막길을 따라 내려오고 있었습니다. 시간이 거꾸로 되감기는 착각이 들 정도였지요. 제가 카메라 셔터를 누르는 게 아니라 시간을 뒤로 감는 태엽이 카메라까지 움직이는 것 같았습니다.

"꽉 잡았나? 꽉 잡고 있어야 된대이……."

대통령님은 뒤에 앉은 손녀에게 꽉 잡으라고 연신 다짐을 주면서도 행복한 표정이었습니다. 막 3살이 된 서은이는 대통령 할아버지의 허리띠를 움켜쥐고 조금 긴장한 표정이었지요. 세상에, 웬만큼 강심장이 아니면 할아버지는 저렇게 어린 손녀를 뒷자리에 태우지 않습니다. 혹시라도 손녀 엉덩이가 아플까, 짐받이에 두툼하게 겹쳐 깔아둔 수건에서 대통령님의 마음을 엿볼 수 있었지요.

그런데 '할아버지와 손녀의 자전거 타기'를 렌즈에 담은 뒤에 오히려 제가 놀랐습니다. 촬영을 하는 동안 조금도 위험하다는 생각이 들지 않아서 그렇습니다. 아무리 대통령님이라도 자전거가 비틀거릴 수도 있으니 말이지요.

대통령님을 수행하는 스태프들은 항상 경호를 생각합니다. 대통령님뿐만 아니라 가족들도 그 대상이지요. 그러니 조금이라도 위험할 우려가 있으면 그 위험 요소를 줄이는 것이 원칙입니다. 저라고 예외일 수는 없습니다. 아니 대통령님을 가장 가까이서 보좌하는 사진사이니 더욱 경호의 원칙에 충실해야지요.

그래도 그날만큼은 대통령님을 전혀 말리고 싶지 않았습니다. 오히려 마음이 포근하고 따뜻해졌습니다. 왜 그랬는지는 지금도 이해가 안 됩니다만, 그날 대통령님은 제 인생 최고의 작품을 만들어주셨다는 것은 확실합니다. 청와대 안의 숲과 자전거를 타는 뒷모습은 훗날 많은 분이 가장 좋아하는 사진 중 하나가 되었습니다.

이날은 정말 바빴습니다. 대통령님께서 손녀와 자전거 타는 모습을 촬영한 후 춘추관으로 가는데 다시 연락이 왔습니다. 대통령님이 이번에는 전기 카트를 운전하신다는 것이었습니다. 끙~! 다시 눈썹

청와대 2007년 9월

을 휘날리며 '곰돌이' 가 달려갔습니다.

대통령님은 벌써 본관 앞에 도착하셨더군요. 제가 오는 걸 보시더니 손녀와 근처의 잔디밭에 앉았습니다. 의전비서관실에서 자신들이 먹으려고 사둔 과자를 서은이에게 주려고 들고 왔습니다. 과자 한 봉지를 건네받은 대통령님은 그 유명한 장면 그대로 손녀에게 장난을 걸었습니다.

할아버지가 주는 과자를 받으려고 입을 벌리는 손녀, 줄 듯하다가 자기가 날름 삼켜버릴 것 같은 포즈의 할아버지, 그런 할아버지한테 약이 올라 뾰로통해진 손녀, 토라진 손녀를 다시 달래는 할아버지…….

터져 나오는 웃음을 참느라 저는 애를 먹으며 셔터를 눌렀지요. 다행히 초점이 흔들리거나 망친 샷은 없었습니다. 이날 촬영한 장면들 중 세 장면을 골라 액자를 만들어 대통령께 드렸습니다. 이 사진은 훗날 대통령이 가장 좋아하는 사진이 되었습니다. 촬영을 마치고 춘추관으로 오는 길에 문득 손녀를 약 올리던 그 과자 생각이 나더군요. 참 맛있을 것 같았습니다. 어른의 속정이 듬뿍 담겼을 테니까요.

대통령님이 세상을 뜨신 뒤 어느 날, 봉하마을 권양숙 여사님께 문안을 여쭈러 갔다가 사저에 그 액자가 걸려 있는 걸 보았지요. 아, 가슴이 먹먹해지더니 눈앞이 뿌옇게 흐려졌습니다. 염치불구하고 한참을 꺼이꺼이 울고 나서야 정신을 차렸지요.

자연인으로서의 노무현과 전직 대통령의 비극적인 죽음 사이의

거리가 너무 멀어서 저는 지난 시간이 더욱 힘들었나 봅니다. 서거 14주기를 지냈는데도 여전히 그렇습니다.

대통령님은 손녀와 같이 있을 때 가장 환한 얼굴이었습니다. 온갖 걱정과 근심은 잠시 안으로 갈무리되고 표정은 밝아지셨지요. 집안의 어르신들이 으레 그렇듯 말입니다. 지금에서 다시 짐작해보면, 서은이를 무등 태워서 청와대 경내를 이리저리 거닐며 잠시 시름을 잊으셨던 거 같습니다.

대통령님의 장손녀 서은이를 볼 때마다 저의 둘째 녀석이 자연스레 연결되곤 합니다. 둘은 같은 해에 태어났거든요. 대통령님의 제주도 행사를 수행하느라 둘째가 태어날 때 아내 곁을 지키지 못했습니다. 지금도 미안한 일입니다. 그래서 대통령님의 장손녀를 카메라

청와대 본관 앞 2007년 9월

106

에 담을 때마다 저의 둘째를 촬영하듯이 했답니다.

누군가 그러더군요. 대통령님을 좋아하고 그리워하는 분들은 다들 일찍 대통령님을 뵈러 간다고요. 저는 아직 남아서 할 일이 많은 모양입니다. 나중에 뵙게 되더라도 대통령님께 부끄럽지 않게 살아가겠습니다.

청와대 대정원 2007년 9월

조지 W. 부시 대통령

가끔 대통령과 외국 정상 간에 전화로 현안을 의논했다는 뉴스가 나옵니다. 주로 양국 간에 긴급한 이슈가 발생했을 때 공동 대응과 협력 관계를 강조하기 위한 외교적 행위입니다. 그런데 사실은 공개되지 않는 정상 간의 통화가 더 많습니다. 하물며 우리나라 대통령이 외국 순방 중에도 주요국 정상 간의 핫라인이 작동합니다.

저는 대통령님이 출국해서 일하는 모습도 남기고 싶었습니다. 대통령님이 공식 방문으로 외국에 나가면 업무 강도가 국내에서보다 두세 배 이상 높아졌습니다. 우선 일정 자체가 빡빡합니다. 일분일초를 다툽니다. 정밀한 기계의 톱니바퀴처럼 맞물려 돌아갑니다. 관련 부처 공무원들이 몇 달 전부터 일정에 매달리는 것도 그래서입니다.

2007년 2월, 대통령님은 스페인을 공식 방문 중이었습니다. 마지막 공식 일정을 진행 중인데 워싱턴에서 연락이 왔지요. 부시 대통령이 우리 대통령님과 통화를 하고 싶다고 했습니다. 정상 간에 그냥 안부를 묻는 전화일 수는 없습니다. 어떤 내용을 논의할지, 원하는 게 무엇인지 등을 미리 준비할 필요가 있습니다.

공식 일정을 마치자마자 대통령님과 수행 중인 참모들, 그리고 비서실의 인력이 모여 회의를 열었습니다. 그날은 순방에 동행했던 각 부처 장관, 청와대 정책실장과 수석 비서관, 기록비서관 등이 배석했지요. 그러는 동안 통역 준비와 대화 내용을 녹음하는 장치도 설치합니다.

이탈리아 2007년 2월

정상 간의 통화가 시작되면 스위트룸의 넓은 응접실에는 긴장감이 팽팽하게 흐릅니다. 통역관이 전화기 너머에서 들려오는 내용을 번역해서 대통령님께 전달하고 대통령님의 얘기는 또 상대국 통역관이 전달하는 과정이 반복됩니다. 그러니까 이날은 대통령님과 부시 대통령, 그 사이에 우리 통역관과 상대 통역관의 말소리만 응접실을 가득 채웁니다. 배석한 장관들과 참모들은 오고가는 대화에 촉각을 곤두세울 수밖에 없습니다.

이날 부시 대통령과의 통화는 거의 한 시간 가까이 진행되었습니다. 단어 하나도 신중하게 골랐고 통역한 내용도 검토를 해가면서 답변을 해야 했으니까요. 대통령님이 통화하는 중에 장관과 참모들은 메모지에 생각을 정리해서 수시로 대통령님께 전달했습니다. 그야말로 소리 없는 전투가 적막한 스위트룸에서 전개되고 있었습니다. 헛기침 하나도 함부로 할 수 없는 분위기였지요.

그러니 셔터를 누르는 제 손가락도 아주 조심스러웠습니다. 저는 응접실 한쪽 귀퉁이에서 셔터를 눌렀지요. 통화 중에 대통령님은 답답했던지 목소리가 좀 올라가거나 팔을 크게 휘두르며 설명을 덧붙이는 장면도 많았습니다. 대통령님은 때로는 차분하게, 때로는 열정적으로 자신의 생각을 분명하게 표현했습니다. 우리가 늘 보아왔던 모습 그대로였지요. 자세한 통화 내용을 말씀드리기는 곤란하지만, 미국이라는 강대국의 대통령에게 조금도 밀리지 않았다는 사실을 밝힙니다.

부시 대통령은 현직에 있는 동안 우리 대통령님과 썩 돈독한 관계는 아니었다고 알려졌습니다. 미국에서의 정상회담 후에 부시 대통령이 노무현 대통령을 'easy man'으로 표현하는 바람에 논란이 커지기도 했습니다. 일부 언론에서 이 표현을 '쉬운 놈'이라는 의미로

왜곡해서 퍼뜨리기도 했지요. 사실은 '대화가 잘되는 사람, 말이 잘 통하는 사람' 이라는 아주 호의적인 표현이었는데도 말입니다.

대통령님은 부시 대통령에 대해서 인간적인 호감을 가졌던 것으로 저는 기억합니다. 젊은 시절에 알코올 의존증 등 숱한 방황을 거쳐서 대통령의 자리에 오른, 입지전적인 인물이었으니까요. 대통령님은 역경을 이겨낸 인물들을 존경했습니다. 서로 통하는 면이 있는 것이지요.

두 분의 관계가 어땠는지는 대통령님이 서거하시고 10년이 되었을 때 확인되었습니다. 퇴임하고 화가로 또 다른 인생을 열어가던

부시(전) 미국대통령 봉하 참배 2019년 5월

부시 전 대통령이 봉하마을에서 열린 대통령님의 추도식에 참석한 것이지요. 제2차 걸프전을 시작했던 '강한' 이미지의 부시 대통령과, 모든 기득권과 특권에 반대하던 '강한' 대통령님이 서로를 존중하고 이해했다는 사실을 상징적으로 보여주는 일이었다고 저는 생각합니다. 우리 대통령님은 세계의 지도자들로부터도 인정받고 존중받는 대통령이었지요.

후일담입니다만, 이 장면을 기록으로 남기는 데 꽤 힘이 들었습니다. 통화할 때 나는 셔터 소리 때문에 부속실 형들은 그냥 한 장만 촬영 후 빠지라고 했지요.

제가 또 누굽니까. 한 장만 촬영 하겠다고 대답하고 여러 장 쭉 촬영했습니다. 한 장 촬영 후 나가는 것도 쉽지 않습니다. 문소리가 나니까요. 단 소리가 안 나도록 하기 위해 최대한 멀리서 촬영했고, 대통령님께 최대한 방해되지 않으려고 노력했습니다. 대통령님은 아무런 말씀도 하지 않으시고 그냥 지켜봐 주셨습니다.

프랑스, 그리고 자이툰

 2004년 유럽 순방 외교의 마지막 국가가
프랑스였습니다. 모든 일정을 소화하고 영빈관에서 고생한 프랑스
경호팀과 대통령님의 기념 사진까지 촬영했지요. 남은 것은 서울로
돌아가는 일뿐이었습니다.

프랑스 영빈관 2004년 12월

저는 공항으로 가기 전에 대통령님 내외분과 영빈관 내부 모습을 같이 담아보려고 기다렸습니다. 우리 수행팀인 비서관과 경호원들은 짐을 챙기느라 분주했습니다. 그러다 보니 주위에는 저와 대통령님 내외만 남았더군요. 마침 잘됐다 싶어서 대통령님이 영빈관 내부를 둘러보는 모습을 촬영하고 있었습니다.

그런데 아무 말씀도 없이 영빈관의 벽에 걸린 그림을 둘러보시는데 왠지 표정이 어두웠습니다. 여사님이 분위기를 좀 바꾸려고 밝은 음성으로 저를 불렀지요. "꽃도 예쁘고 그림도 좋다"며 기념사진을 부탁하셨습니다.

두 분이 소파에 나란히 앉으셨고 한 컷 촬영한 뒤였습니다. 대통령님께서 갑자기 저한테 물었습니다.

"다들 갔는가?"

"네. 차량에 모두 탔습니다."

"수행원들과 같이 기념 사진 촬영할 시간은 있겠나? 바로 올 수 있으면 들어오시라 해서 단체 사진 한 번 촬영하자."

저는 대통령님의 말이 끝나기 무섭게 후다닥 밖으로 나갔습니다. 허겁지겁 뛰어나오는 저를 보고 경호팀은 깜짝 놀랐지요.

"수행원들 모두 빨리 오시랍니다. 대통령님께서 기념 사진 찍자고 하십니다."

수행원들이 탄 미니버스에 가서 전달하고 저는 다시 영빈관으로 들어가 두 분이 앉을 의자의 위치를 잡았습니다. 곧 수행원들이 뒤

따라왔고 서둘러 기념 촬영을 마쳤습니다. 준비가 채 되지 않아서 그냥 영빈관이라는 느낌만 살렸지요. 그러고는 바로 차량을 타고 공항으로 이동했습니다. 순방 일정이 다 끝났다고 생각하니 그동안의 긴장이 풀어지면서 잠이 쏟아지더군요.

　잠시 후 비행기는 떴고 모두는 서울로 가는 줄만 알았습니다. 그런데 비행기는 서울로 가지 않는다고 대통령님이 긴급 발표를 하셨습니다. 우리 군이 파병된 이라크로 간다고 하셨습니다. 그때서야 왜 대통령님께서 예정에도 없던 기념 사진을 찍자고 했는지 짐작할 수 있었습니다.

자이툰부대 방문 2004년 12월(문화일보 박상문 기자)

우리 젊은이들이 주둔한 전쟁터에서 어떤 일이 생길지 몰랐을 테지요. 그래서 대통령님 얼굴이 왠지 어둡고 무거워보였나 봅니다. 비교적 안전하다는 곳에 군대를 보냈지만, 그래도 이역만리의 전쟁터. 국내의 반대를 무릅쓰고 결정한 일이지만 여전히 마음에 부담이 남아 있었던 것 같습니다.

언젠가 대통령님께서 자신의 인생관을 이렇게 설명하셨지요. 메모장에는 '노무현의 길' 이라는 제목을 달았더군요.

노무현의 길

첫 번째, 승부를 걸어야 할 때, 투자를 할 거면 확실히 하라.
저는 중요한 결정의 순간마다, '제 인생을 건다' 고 하면서 해왔습니다. 성공보다는 당면한 문제, 현재의 문제에 몰두했습니다. 멀리 내다보는 것은 내다 볼 뿐이고요, 현재에 전부를 투자했습니다.
두 번째, 세상을 바꾸는 것도 중요하지만 세상이 바뀌는 방향도 살펴라.
저를 중심으로 세상을 바꾸려고 한 것이 아니라, 세상이 바뀌는 방향으로 동참하면서 저를 바꿨습니다.
세 번째, 그러기 위해서 열심히 공부해라.
저는 지금도 열심히 공부합니다.

이라크 파병 문제가 정국의 핵심 이슈로 등장했을 때, 저는 청와대 출입 기자였습니다. 저는 당연히 반대 입장이었습니다. 미국이 자기

서울 광화문 파병반대집회 2003년 9월

들 이익을 위해 벌인 석유 전쟁에 왜 우리나라 젊은이들이 총알받이로 가야 하는지 납득할 수 없었지요. 진보 진영에서 반대하는 이유와 같은 맥락이었습니다.

이른바 보수 진영에서는 '국익을 위해 파병해야 한다', '미국 중심으로 구축된 세계질서에서 미국의 요청을 거부했다가 무슨 불이익을 당할지 모른다' 등의 논리를 폈습니다. 그중에는 '6·25전쟁 때 우리를 살려준(?) 미국의 은혜에 보답해야 한다'는, 1천 년 전의 왕조시대에나 있을 주장도 있었지요. 미국이 침공당한 전쟁이 아닌데도 그랬습니다.

제가 대통령님의 전속 사진사로 직장을 옮겼을 때도 논란은 계속되고 있었습니다. 그러나 이번에는 전투병을 보내느냐 공병을 중심으로 한 평화재건부대를 보내느냐로 초점이 많이 달라졌습니다. 일관되게 전투병을 요구하던 미국이 한 걸음 후퇴한 것이지요. 그게 얼마나 대단한 일인지 저는 청와대에서 근무하면서야 알았습니다.

밖에서는 몰랐지만 부시 대통령의 고집이 황소처럼 셌다고, 정책실과 외교 라인에서 일하던 선배들이 고개를 절레절레 흔들더군요. 무조건 전투병으로 보내라고 계속 으름장을 놓았답니다.

대통령님은 어떻게든 시간을 벌기 위해서 모든 방법을 동원했답니다. 옆에서 보기에 민망할 정도로요. '국내 사정이 너무 어려우니 조금만 더 기다려달라'고 하면서 버틴 것이지요. 부시가 엄청나게 짜증을 냈다는 얘기도 외교라인에서 흘러나왔습니다.

그렇게 밀고 당긴 끝에 군대를 보냈지만 결국 전투병이 아닌 공병대를, 그것도 바그다드가 아니라 자이툰이었습니다. 자이툰은 바그다드 못지않게 경제사정이 좋았고 큰 도시였습니다. 이라크에서도 반 후세인 정서가 가장 강해, 바그다드보다 더 안전한 곳이었지요.

이런 일련의 과정을 옆에서 지켜보면서 저는 '모난 돌'이라고 비판받던 대통령님의 진면목을 보았습니다. 미국의 압박이 대단했지만 최대한 시간을 끌어야 한다는 대통령님의 전략이 적중했으니까요. 저는 대통령님의 속마음을 이렇게 짐작했습니다.

'너희들도 급하겠지만, 우리는 목숨이 걸린 일이다. 한미 FTA도 있고 북핵 문제도 엮여 있는 상태라 우리도 언제까지나 이 문제를 질질 끌고 갈 수 없긴 하다. 우리가 약소국인 건 맞는데, 그렇다고 너희들이 해달라는 대로 다 해줄 수는 없지 않느냐. 너희만 민주국가 아니다. 우리도 민주국가이고 여론이라는 게 있다. 반대하는 국민을 최대한 달래야 한다. 내가 탄핵까지 당해보고 겨우 살아난 사람이

다. 파병 문제로 내가 다시 탄핵당하면 너희들이 책임질 거냐?'

대통령님은 우리의 국익을 위해서 시간이라는 자연 요소까지도 철저하게 계산하고 활용하는 위대한 정치인이었습니다. 결국 이 복잡하고 화가 치미는 문제를 이렇게 지혜롭게 풀어갈 수도 있다는 걸 보여주셨지요. 저는 감탄하지 않을 수 없었습니다.

어떻게 운용하고 적용하느냐에 따라 늘 골칫거리로 여겨지는 정치가 얼마나 지혜로울 수 있는지를 저는 대통령님으로부터 배웠습니다. '특별과외 교사'라고 말씀드린 게 그냥 붙인 이름이 아니었지요. 이런 고통스러운 과정을 거쳐 자이툰에 평화재건부대가 파견되었고, 대통령님과 수행원들은 프랑스에서 이라크로 날아갔습니다. 자이툰 부대 장병들을 만난 대통령님의 속마음이야 오죽했겠습니까.

우리 대통령님은 그런 분이었습니다. 지혜와 용기와 눈물을 가슴 속에 다 품고 계신 분이었지요.

노래방 라이터

어느 날 대통령님께서 청와대 본관에 들어서다가 여사님을 보시더니 갑자기 무슨 생각이 들었는지 '2부속실(영부인 담당 부속실)과 집무실은 어떤지 한 번 보자'고 하셨지요. 여사님은 쑥스러운 듯 웃음을 지으시고는 안내하셨습니다.

대통령님은 부속실로 들어서면서 "내 집무실보다 더 좋다"며 농담부터 던졌습니다. 그러고는 복도에 걸린 역대 영부인 사진을 둘러보셨지요. 여사님 사진 앞에 발걸음을 멈추고는 꼼꼼히 사진을 살피더니, "'뽀샵'을 너무 한 거 아이가?"라고 놀렸습니다. 수행원들이 큭큭, 웃음을 참느라 애를 먹었지요.

그리고 집무실에 들어서시더니 "쪼매하네"라고 농담을 던졌지요. 장난기가 얼굴에 가득했습니다. 탁자에 올려진 손녀 사진을 보며 빙그레 웃으시더니 접견용 소파에 털썩, 앉으셨습니다. 그러고는 주변을 둘러보시며 "담배 있나?"라고 물으셨지요.

제2부속실 직원들과 경호팀, 수행 비서들의 눈이 반짝, 빛났습니다. 서로 이심전심, 눈빛을 교환하면서 담배가 없다는 몸짓을 보였

지요. "아뇨, 없습니다"라고 대답하는 직원도 있었습니다. 여사님께서 담배 냄새를 싫어하신다는 것을 다들 알고 있었고 더구나 거긴 여사님 집무실이니까요. 여사님께서 직원들에게 그렇게 말씀하셨는지는 모르겠습니다만, 그렇지 않더라도 그 정도 눈치는 있어야 직장생활이 원만한 겁니다.

그런데 문제는 저였습니다. 대통령님 밀착 수행원으로서, 언제든 대통령님의 담배 요청에 응하는 게 몸에 밴 저는 마치 자동으로 반응하는 로봇처럼, "여기 담배 있습니다"라면서 담배를 내밀었습니다. 너무 자연스럽고 익숙한 동작이어서 저 스스로도 느끼지 못했지요.

대통령님이 담배를 받으신 다음에 "라이터는 없나?"라고 저를 보실 때에야 저는 사태의 심각성(?)을 알아차렸습니다. 따가운 시선이 모두 저에게 쏠렸거든요. 저는 그제야 분위기를 파악하고 안절부절 못했습니다. 그러나 이미 기차는 떠나버린 뒤였지요. 대통령님이 저를 바라보면서 '라이터 없나?'라고 다시 눈빛으로 물었을 때, 도망갈 구멍은 없었습니다. 저는 쭈뼛거리며 바지주머니에서 라이터를 꺼내들었습니다. 아, 정말 표정 관리가 안 되더군요.

그런데 대통령님께 라이터를 건네던 저는 더욱 당황했습니다. 어처구니없게도 '@@ 노래방' 상호와 전화번호가 큼지막하게 찍힌 라이터였습니다. 얼굴이 붉어지면서 탄식이 절로 나왔지요. '아이고 이거를 우짜면 좋노?' 가슴이 덜컥 내려앉는 듯했습니다. 대통령님은 건네받은 라이터를 한참 물끄러미 내려다보시더니 빙그레 웃으며 불을 붙였습니다. 대통령님은 시원하게 연기를 뿜어내셨지만 저는 등골에서 식은땀이 조르륵 흘러내리는 게 느껴질 정도였습니다. 기왕 이렇게 되었는데 촬영이라도 하자며 카메라 셔터를 눌러댔습니다. 그러는 내내 주위의 시선이 따가웠습니다. 이미 엎질러진 물이지만 후환(?) 두려운 건 어쩔 수 없었지요.

청와대 여사님 집무실 2007년 5월

대통령님이 집무실로 올라가신 뒤 저는 부속실로 불려갔습니다. 평소 친하게 지내던 부속실 형님들이 저를 나무랐습니다.

"너 미쳤어? 여사님께서 담배를 얼마나 싫어하시는지 몰라?"

"우리가 담배 없다고 했으면 눈치 챘어야지. 그리고 라이터는 그게 뭐냐?"

그런 일이 있은 뒤로 저는 쓰던 라이터와 별도로 한쪽 주머니에 새 라이터를 넣고 다녔습니다. 한 번 가보지도 못한 @@노래방 라이터는 쓰레기통으로 던져버렸지요. 요즘도 담배를 피울 때면 가끔 라이터를 만지작거리며 추억에 잠기곤 합니다. 요즘 저도 담배를 물고 다니는데 주위에서 정치하려면 끊으라고 성화이지만 왠지 담배는 저에게 많은 메시지를 주는 것 같아 힘들 듯합니다.

담기 힘들었던 쓸쓸한 뒷모습

제가 전속 사진사로 일하기 전까지 대통령님의 뒷모습 촬영은 공식적으로 금지되어 있었습니다. 누구든 대통령님의 뒤로 다가가면 일단 경호팀에서 난리가 납니다. 경호원과 수행원을 빼곤 누구도 뒤에 서 있으면 안 되었습니다. 그런데 제가 청와대에 들어가면서 대통령님께 허락을 받고 저는 마음껏 뒷모습을 담을 수 있었답니다.

그런데 이날 대통령님의 뒷모습은 정말 촬영하기 힘들었습니다. 임기 말, 기다렸다는 듯 온갖 시련이 닥쳐왔습니다. 2007년 7월에 아프가니스탄에서 샘물교회 선교단 피랍 사건이 터졌습니다. 선교를 목적으로 이슬람 국가인 아프가니스탄으로 떠났던 23명의 신도들이 이슬람근본주의 무장 세력인 탈레반에 납치되어 2명이 살해된 것이지요.

이 사건은 통치권자이자 행정수반인 대통령님을 두고두고 괴롭혔습니다. 국민이 인질로 잡혀갔다는 사실 자체가 엄청난 충격이었습니다. 2004년에도 이라크에서 무역회사 직원이던 우리 국민이 끔찍하게 살해당한 일이 있었기 때문입니다. 더욱이 아무것도 모르고 있

나이지리아 피랍 관련 회의, 청와대 관저 대회의실 2007년 1월

다가 사건이 터졌다면 할 말이 없었겠지만 정부로서는 테러 정보를 제공하고 몇 번이나 주의를 당부했는데도 인질 사건이 터졌으니 실망감이 이루 말할 수 없었지요.

제 심정도 그랬습니다. 정부가 무능했으면 몰라도 대비했는데도 따라주지 않은 분들 때문에 속이 많이 상했지요. 사건 5개월 전쯤 탈레반이 한국인을 납치하려 한다는 첩보가 입수되었습니다. 정부는 아프간을 여행제한국가로 분류한 상태였지요. 샘물교회에도 협조 공문을 보냈고 사건 2개월 전에도 각별한 신변 주의 요청과 아프간 현지에 나가 있는 선교사 단체들도 철수를 적극 검토해줄 것을 요청한 상태였습니다. 행정수반으로서 대통령님이 할 수 있는 모든 조치를 취했던 것이지요.

7월 중순에 납치된 신도들은 우여곡절 끝에 8월 말에야 석방되었습니다. 그리고는 9월 초에 귀국했습니다. 그 사이에 2명의 신도가 살해되었고 인질을 구하기 위해 정부는 할 수 있는 모든 수단을 동원했지요. 사건이 터지고 생존자들이 석방되는 42일 동안 청와대는 마치 전쟁을 치르는 듯했습니다. 대통령님의 최우선 관심사는 인질 석방이었지요. 여름휴가도 뒤로 물리고 24시간 대기 상태였습니다. 특히 납치된 신도들의 '대통령님 살려주세요'라는 동영상이 유포되면서 상황은 더욱 극단적으로 전개되었지요.

인질들이 무사히 돌아온 다음에야 대통령님은 잠깐 짬을 내어 저도로 늦은 휴가를 떠날 수 있었습니다. 최대 현안이었던 사건은 겨우 일단락되었지만 대통령님을 둘러싼 환경은 더욱 어려웠습니다. 다음 대통령 선거가 진행되고 있었는데 여당의 대선 후보들이 너나없이 대통령을 비판하고 있었기 때문이지요.

대통령님은 2월에 이미 탈당한 상태였습니다. 형식은 탈당이지만 내용은 출당에 가까웠지요. 현직 대통령이 차기 대선에 걸림돌이라고 공공연하게 난타당하는 시기였습니다. 말 그대로 사면초가(四面楚歌)였습니다. 휴가지인 저도에는 날씨까지 궂었지요.

휴가기간 내내 비구름이 덮였습니다. 대통령님도 수행원들도 우울하기 짝이 없었지요. 휴게실에서 찻잔을 앞에 두고 담배를 피우며 혼자서 비 내리는 창밖을 바라보는 모습이 정말 쓸쓸해보였습니다. 이 한 장의 사진으로 그 당시의 맥락을 모두 담을 수는 없을 겁니다. 대통령님의 뒷모습을 담으며 가장 슬프게 느껴지는 순간이었지요.

셔터가 찰칵대는 소리에 대통령님은 뒤를 돌아보며 쓰게 웃었습니다. 그 모습이 지금도 저의 기억에 아프게 남아 있습니다. 마치 이렇게 말하는 것 같았지요.

'살다 보면 최선을 다해도 결과가 신통치 않을 때도 있네. 어쩔 수 없는 일, 그런 게 운명이지. 누구에게나 일어날 수 있어. 문제는 그 운명을 어떻게 받아들이느냐 하는 거지. 그 태도가 바로 그 사람이고 인생을 결정하게 되는 거네. 명심하시게나……'

마치 당신의 먼 뒷날이 그때 그렇게 대통령님의 어깨에 내려앉았는지도 모르겠습니다. 십수 년이 흘러도 이 대목을 쓰다 보니 자꾸 눈앞이 흐려집니다. 언젠가 제가 대통령님께 '파이팅' 하는 자세를 취해 달라고 한 적이 있습니다. 그때 당신께서는 '파이팅'은 정체불명의 단어라며 가급적 쓰지 말자고 하셨지요. 그러면서 알려주신 단어가 하나 있습니다. 다시 여기에 적어봅니다. 아자! 아자! 아자!

저도 식당 2007년 9월

많이 고단하셨지요?

참여정부 4주년 평가 심포지엄이 있던 날입니다. 1부 행사를 마치고 대통령님과 수행원들은 호텔 스위트룸으로 올라왔습니다. 다음 세션이 시작되기 전까지 조금 여유가 있었지요. 저는 응접실에서 대통령님이 담배를 피며 대화하는 모습을 찍었습니다. 얼마 후 대통령님은 "시간이 아직 있지? 여기서 잠시 쉴 테니 자네들도 쉬게나"라고 말씀하시고는 구두를 벗고 소파에 앉으셨습니다. 비서들이 침실을 권유했지만 괜찮다며 계속 앉아 계셨지요.

저와 수행원들은 스위트룸 안쪽에 있는 작은 방으로 갔습니다. 예상하지 못했던 망중한이라 각자 침대와 의자로 흩어져 자리를 잡았습니다. 저에게도 좀 쉬라고 했습니다. 그날따라 유난히 피곤했던 저는 눈꺼풀이 스르륵 내려오는 걸 겨우 참고 있었지요.

그래도 저는 졸음을 참고 모두 잠들기를 기다렸습니다. 꼭 해보고 싶은 일이 남아 있었거든요. 대통령님이 신발을 벗고 소파에 앉아 무엇을 하실지 카메라에 담고 싶었습니다. 대통령님은 지금쯤 주무실까, 하며 기다렸습니다. 그리고 마침내 기회는 찾아왔습니다. 수행원들이 모두 잠든 걸 확인하고는 살살 거실로 기어갔습니다. 카메라를 몸에 밀착시키고 살금살금, 도둑고양이처럼……

대통령님이 계시는 응접실로 나온 저는 제 눈을 의심했지요. 대통령님이 아주 평화로운 자세로 소파에 누워계셨거든요. 대통령으로서 지난 4년의 잘잘못을 하루 종일 평가하는, 이를테면 성적표를 받아드는 행사였으니 그 부담감이 작지 않았을 겁니다. 매사에 당당했던 분이라도 합리적인 비판에는 고개를 숙이는 대통령님이었으니 말입니다.

혹시라도 방해가 될까, 카메라 셔터를 조심스럽게 눌렀습니다. 그런데 대통령님은 윗도리를 벗은 와이셔츠 차림이었고 좀 추워보였습니다. 이불을 덮어드려야겠다 싶었습니다. 다시 살금살금 기어 응접실을 나와 수행비서를 흔들어 깨웠습니다.

"대통령님이 소파에서 그대로 주무시니 이불 좀 덮어주세요."

수행비서는 깜짝 놀라 물었죠.

"그래? 그걸 어떻게 알았어?"

저는 당황하며 "어서 덮어주세요"라고 얼버무렸습니다. 수행비서가 급히 담요 하나를 가져와서 대통령님을 덮어주었지요. 그 모습을 저는 재빠르게 한 컷 더 찍었습니다. 그렇게 대통령님의 망중한 '비포(Before)와 애프터(After)'를 카메라에 담았습니다. 그런 다음 저는 다른 비서들이 있는 방으로 돌아와 코를 골며 잠이 들었지요. '그림 같은 그림'을 담았다는 만족감 때문에 유난히 코를 골았던 것 같습

참여 정부 4주년 평가심포지엄 후 휴식 2007년 1월

니다.

이 한 컷은 나중에 대통령님의 소탈함을 보여주는 유명한 사진이 되었습니다. 세월이 흘러 이 장면을 다시 보면서 참 많은 감정이 뒤섞입니다. 그때의 대통령님 모습은 조금도 바뀌지 않았습니다. 당시에는 그냥 지친 모습을 담았다고 생각했는데, 다시 보니 당신께서는 눕는 게 아니라 자신의 몸을 누인다고 하는 게 더 정확한 표현 같습니다. '눕는' 것은 자동사인데 비해 '누인다'는 타동사이지요. 마치 먼 길을 달려온 적토마가 마침내 쓰러지듯 제 몸을 누이는 것처럼 말입니다.

제가 과문한 탓도 있습니다만, 대통령님만큼 전심전력으로 직무를 수행한 분을 지금까지도 본 적이 없습니다. 새벽에 자리에서 일어나서 한밤중에 다시 잠자리에 들기까지 현안에 전력을 기울이는 게 쉽지 않은 일이지요. 말은 그렇게 할 수 있어도 온몸으로 그렇게 할 수 있는 정치인은, 지금까지 제가 보지 못했습니다.

다시 그 스위트룸에 가서 빈 소파라도 촬영하고 싶은 생각이 듭니다. 남 탓하지 않고 스스로 모든 책임을 기꺼이 짊어지셨던 대통령님을 늘 기억합니다. 대통령님께서 보기에 부끄럽지 않게 살아가겠습니다.

호기심 천국

대통령님은 호기심이 정말 많은 분이었습니다. 세상 물정이 어떤지 알고도 남을 분인데도 매사에 그렇게 관심이 많으셨지요. 큰 현안은 말할 것도 없고 청와대 경내의 나무 한 그루, 풀 한 포기도 그냥 지나치는 법이 없었습니다. 만져보고 쪼그려 앉아 관찰하고 비서들한테 물어보고…….

호주 공항 2006년 12월

저 또한 호기심이 많아 그냥 넘길 수 없어서 해외순방 시 특별기에서 내리기 전 모습이 궁금했습니다. 그래서 또 그냥 확 질러버렸죠. 무조건 찍고 보자. 부속실 형들에게 말씀드리고 안으로 들어갔습니다.

해외 순방을 나가시면 특별기가 착륙할 즈음에 호기심 가득한 표정으로 창밖을 내다보며 이것저것 물어보는 것도 아주 자연스러웠습니다. 공식 환영 행사를 준비하는 광경이 늘 궁금하셨지요. 다른 순방국들과 차이점도 묻곤 했습니다. 이럴 때 대통령님은 꼭 수행원들에게 농담을 건네서 자주 웃음꽃이 피었지요. 순방국에서 곧 진행될 빡빡한 일정으로 긴장을 풀지 못하는 일행들을 조금이라도 편안하게 해주려는 배려였습니다. 좁은 비행기 안에서 긴 여정에 지친

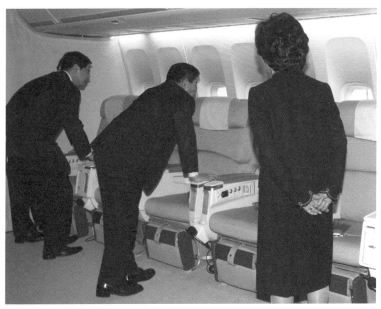

필리핀 공항 2007년 1월

수행원들이 웃으면서 허리라도 한 번 펴길 바라신 듯했지요. 세월이 지나고 보니 그 사소하고 가벼운 대통령님의 말 한마디가 모두에게 비타민이 되지 않았나 생각합니다. 꽉 짜인 일정과 중요하고 무거운 회담을 앞에 두고도 어떻게 그럴 수 있을까 싶습니다.

우리는 주변에서 작은 벼슬이라도 어떻게든 누리려는 분들을 자주 봅니다. 중요한 일을 앞두면 누구나 긴장하게 마련이지요. 그 긴장을 견디지 못하거나 불안이 앞서서 가까이 있는 사람들을 닦달하는 경우도 많습니다. 자기 중심인 사람들의 특징이기도 하지요. 자신이 아니라 팀 전체를 생각하고 자신보다 팀이 성과를 내려고 노력하는 사람을 찾아보기란 의외로 어려워진 세상입니다.

대통령님의 해외 순방 중에는 전용기 안에서도 틈틈이 비서진 보고가 이루어졌고 모든 일정과 의전은 다이내믹하게 진행되었습니다. 아무도 모를 그 작은 공간에서 대통령님을 중심으로 많은 일이 처리되었죠. 그럴 때마다 당신께서는 자신보다 함께 있는 사람들의 심기를 먼저 챙기셨습니다. 제가 정말 많이 배운 대통령님의 장점이기도 하고요.

지금도 저는 비행기를 탈 때마다 착륙하기 전 창밖을 보며 대통령님 생각을 한답니다. 이런저런 장면을 생각하면서 혼자 빙그레 웃곤 합니다. 제가 대통령님으로부터 얼마나 많이 배웠는지 당신께서는 모르실 겁니다.

아이고, 눈물이 찔끔!

2007년 2월, 바티칸 교황청을 공식 방문했을 때의 일입니다. 접견장으로 가는 엘리베이터가 너무 작아서 4명 이상 타기가 곤란했습니다. 그래서 수행원들은 대통령님이 먼저 올라가신 다음 내려온 엘리베이터를 타고 가느라 한 템포 뒤처졌습니다. 제가 현장에 도착하니 교황청 관계자와 대통령님이 통역원을 두고 대화를 나누는 중이었지요. 일단 촬영 타이밍을 한 번 놓친 셈입니다.

그래서 조금 서둘러 촬영을 하려는데 통역원이 대통령님을 가리고 있기에 저는 천천히 옆으로 이동했습니다. 그냥 가까이 가서 촬영하면 된다고 생각하고 혼자 움직였습니다. 그런데 수행원 한 분이 저의 촬영을 도우려고 통역원더러 뒤로 조금 빠지라고 한 모양입니다. 그러자 대통령님과 교황청 관계자의 대화가 중단되는 상황이 벌어졌습니다. 통역이 없으니 대화가 진행될 수 없었지요. 갑자기 분위기가 어색해졌습니다.

대통령님이 주위를 둘러보더니 가장 가까이 있는 저를 보시고는, "자네, 흐름을 끊지 말게나"라고 하셨지요. 제가 사진을 잘 찍으려

는 욕심에 통역원을 물린 거라 생각하신 모양입니다. 아니라고 말씀
드릴 계제가 아니어서 그냥 "죄송합니다"라고 말씀드리며 고개를
숙였습니다.

 대통령님의 한마디에 분위기는 얼어버렸지요. 당사자인 통역원은

이탈리아 교황청 2007년 2월

어정쩡하게 서 있었고 돌발적인 사태에 모두 머뭇거리는 사이 대통령님이 다시 저를 돌아보면서 좀 더 강한 어조로 말했습니다.

"자네, 사진 못 찍었다고 나무라지 않을 테니 대화의 흐름을 막지 말게."

당신께서 몹시 언짢아하시는 것은 충분히 알겠는데, 그냥 저도 모르게 눈물이 핑 돌았습니다.

"네, 알겠습니다. 죄송합니다."

아무도 없는 황량한 겨울 들판에 혼자 서 있는 심정이었지요. 주위는 적막했습니다. 나름 촬영 현장이라면 산전수전을 다 겪은 저였지만 이때는 어떻게 수습해야 할지 난감하기 짝이 없었습니다.

교황청의 언어는 일반 이탈리어와 달리 천주교 교리에 관련된 용어가 많아 통역이 더 어렵다는 걸 나중에 알았습니다. 그때는 가장 가까이에 있는 저를 혼내는 게 당연한 상황이기도 했습니다. 그날은 손이 떨려 카메라를 제대로 잡기 힘들었지요.

교황청 행사를 모두 마친 후 만찬장에서 여사님께서 가볍게 위로해주셨습니다. 시간이 지난 뒤에 보고를 받으셨는지는 모르겠지만 여사님의 목소리가 따뜻했습니다.

"오늘 많이 혼났지요? 그래도 괜찮아요. 마음껏 많이 찍어주세요."

대통령님은 아무 말씀이 없었습니다. 그 침묵이 왠지 저한테는 '미안하네' 라고 말씀하시는 것 같았습니다. 그리고 그것만으로 충분했습니다. 저는 금방 활발한 '곰돌이' 장철영으로 돌아왔으니까요.

청와대를 움직이는 실세(?)는
따로 있습니다

청와대에는 보통 시민들이 짐작하는 이상으로 많은 사람이 근무합니다. 장관급 참모들과, 실무를 담당하는 행정관과 행정요원 외에도 많은 분이 있지요. 이들은 좀처럼 겉으로 드러나지 않습니다. 진정한 청와대의 실세(?)들입니다.

청와대 안에서 대통령님이 이동할 때 웬만하면 자리를 피하거나 숨는 분들이 있습니다. 기능직 공무원들이 자주 그럽니다. 대통령님은 아주 급한 일이 아니면 꼭 그분들을 불러서 악수하고 격려하셨습니다. 그냥 의례적으로 그러는 게 아니라 안부도 묻고 경력도 묻고 하는 일이 무엇인지도 물으면서 몇 마디라도 대화를 나누었습니다. 저는 그 기회를 놓치지 않고 같이 웃는 사진을 남겼지요.

대통령님이 본관에 들어가시면 저는 왔던 길을 되돌아서 다시 그분들을 찾았습니다. 그러면 늘 숨기만 하던 분들이 다가와서 대통령님과 찍은 사진을 보내달라고 부탁을 하셨지요. 그분들의 연락처를 받아 인화한 사진을 건네는 것이 또 저의 업무이기도 합니다.

그들은 대통령님의 격의 없는 인사와 다정한 대화에 감사하다고 했습니다. 20년 넘게 청와대에서 근무했는데 가까이서 인사하고 악수 나누고 말씀을 건넨 대통령은 처음이라고 뿌듯해 하셨지요. 대통령님이 무슨 말을 했는지 기억도 잘 안 난다고 하더군요. 예전에는 대통령이 지나가면 다들 눈에 띄지 않으려고 애를 쓰셨답니다. 어떤 분은 눈가에 맺힌 눈물을 훔치기도 했지요.

그분들과 대화하면서 제가 오히려 신이 났답니다. 나이 들수록 좋은 사람이 되어야 한다는 것, 내가 편한 것보다 상대방이 더 편안하게 느끼는 사람이 되어야 한다는 것······. 대통령님에게서 또 좋은 과외를 받았지요.

청와대 본청 뒤편에 있는 관저에 들어가려면 마지막 관문인 경호

청와대 상춘재 앞 2007년 2월

동을 지나야 합니다. 여기에는 대문이 있는데 큰문은 대통령님이 가실 때만 열어두고 평소에 다른 사람들은 작은 문을 통과해야 하지요. 저는 가끔 관저에서 대기하다가 답답할 때면 경호동에 내려와 경호관들과 대화하면서 시간을 보내곤 했습니다. 여기는 3명이 한 조로 항상 CCTV를 모니터링하고 주변을 살피지요. 어찌 보면 참 삼엄한 분위기입니다.

이날도 오전에 여기 와서 대기하고 있었는데 인수문으로 걸어오시던 대통령님이 갑자기 경호실 쪽으로 발걸음을 옮겼습니다. 그러고는 "여기는 어떻게 되어 있는가?" 하시면서 드르륵, 창문을 열고 안을 살펴보셨지요. 근무하는 경호관들과 잠시 얘기를 나누시고는 관저로 들어가셨습니다.

근무 중이던 경호관들은 다들 깜짝 놀란 표정이었습니다. 이곳 창문을 열어보신 분은 대통령님이 처음이라고 하더군요. '관심'이라고 저는 생각합니다. 자신과 연결된 모든 사람과 사물에 대한 관심…….

대통령으로서도 그렇겠지만 한 자연인으로서도 주변을 돌아보는 대통령님의 자세는 저에게 참 많은 것을 가르쳐 주었습니다. 그 관심이야말로 가느다란 인연이 굵은 동아줄이 되어 서로를 연결한다는 것, 그런 관심이 축적되어 서로를 위하고 아낌없이 나누는 연대와 협력이 된다는 것을 말입니다.

남북정상회담

노란색으로 그어진 남북분단선을 두 발로 걸어서 넘는 대통령……. 이 장면은 촬영 당시 남북관계의 상징처럼 남았습니다. 분단된 나라, 대결과 증오로 50여 년을 보낸 남과 북, 김대중 대통령의 역사적인 남북정상회담에 이어 다시 남북의 교류와 협력을 위한 한 걸음……. 이 장면을 촬영할 때 저는 온갖 감정에 휩싸였습니다. 선발팀과 중계팀은 먼저 휴전선을 넘어 현장에 가 있었습니다. 저는 대통령님이 분단선을 넘는 순간을 기다리고 있었는데 그때 저의 마음을 저도 어떻게 설명할 수 없었습니다.

첫째는 기대감입니다. 대통령님께서 북한의 김정일 위원장과 정상회담으로 남북의 평화에 또 하나의 큰 전기를 만들어주실 거라는 기대 말입니다. 둘째는 불안감입니다. 다시 이 분단선을 넘어 돌아올 수 있을까…….

민주당 계열의 정권에서만 성사되었던 남북정상회담. 지켜보는 국민도 저와 비슷한 감정이었으리라 짐작합니다. 늘 그랬듯 남과 북은 기대감과 불안감이 교차하는 세월을 살아왔습니다. 이때부터 20

남북정상회담 전 MDL 도보 통과 2007년 10월

여 년이 흐른 지금도 그런 상태는 크게 변화가 없습니다. 분단을 상징하는 저 노란색 경계선이 언제쯤 희미하게 지워지고 트럭과 승용차들이 쉴 새 없이 지나다닐 수 있을까?

대통령님이 처음으로 북한을 방문하기 위해 군사분계선을 넘으며 저에게 하신 말씀이 기억에 남습니다.

"역사를 기록하는 첫 번째 방법은 사진이네. 자네, 이번에는 촬영을 좀 많이 하게나. 남는 게 사진밖에 없네."

2박 3일 동안 저는 먹는 것도, 자는 것도 잊고 대통령님 옆에 딱 붙

평양 백화원 초대소 2007년 10월

어 다녔습니다. 입에서 단내가 날 정도로 일정은 빡빡했고 많은 일이 있었습니다.

지난 일입니다만, 처음 북한을 다녀온 제 소감을 한마디로 표현하면 '몹시 배가 고팠다'입니다. 워낙 빡빡한 일정인데다 식사 의전도 많아서 잠시 한숨 돌릴 틈도 없었거든요. 게다가 행사에 참석하는 북측 인사들은 지위고하를 막론하고 카메라에 담아야 했습니다. 그러다 보니 식사 시간에 밥 한 숟갈 입에 넣는 게 힘들었지요. 또 카메라와 부속 장비들, 짐까지 제가 다 들고 다녀야 해서 정신이 하나도 없었습니다.

3일째 되는 날, 대부분의 일정이 끝나고서야 잠깐 한숨을 돌릴 수 있었지요. 백화원 초대소에서 저는 대통령님과 함께 처음 기념 촬영을 했습니다. 그런데 대통령님이 저를 보더니 쯧쯧, 혀를 차시며 핀잔처럼 한마디 던지셨지요.

"자네는 왜 이름표를 주머니에 안 넣는가? 다른 사람들 촬영할 때는 다 이름표 넣으라고 하면서 본인은 그냥 촬영하려고 하나?"

대통령님은 제 양복 윗주머니에 매달려 있는 명찰을 가리키면서 장난기를 발동하신 것이지요. 행사가 아닌 기념 촬영을 할 때는 명찰을 떼서 안 보이게 하거든요. 플래시에 반사되는 경우가 많으니까요. 그런데 제가 깜빡 잊고 명찰을 그대로 달고 있는 걸 보시곤 하신 말씀입니다.

대통령님의 핀잔에 일행들의 웃음보가 터졌고 백화원 초대소의

로비가 환해졌습니다. 저는 긴장해서 어찌해야 할지 몰랐지요. 제가 셔터를 누를 때는 몰랐는데 막상 제가 카메라 앞에 서니 왜 그렇게 떨리는지요. 표정 관리도 안 되고 빈 두 손을 어떻게 해야 할지도 모르겠고…….

어쨌거나 저는 촬영을 마치자마자 얼른 카메라를 받아 파일을 확인하기 바빴습니다. 대통령님과 처음 찍은 사진인데 잘못 나오면 안 되니까요. 이 백화원 초대소에서 찍은 대통령님과의 기념 사진은 집 안의 가보로 물려줄 작정입니다. 통일이 되면 그곳에 꼭 기증하라고 유언도 남기려고 합니다. 그만큼 저에게는 소중한 것이지요.

대통령님과 일행은 기념 촬영을 마지막으로 평양을 출발해 개성으로, 그리고 다시 서울로 돌아왔지요. 아침부터 저녁까지 한 끼도 못 먹고 촬영했던 유일한 날이었습니다. 정신이 하나도 없었던 그날, 깊은 밤에 혼자 춘추관을 걸어가며 역사적인 날을 혼자 되돌아보았습니다. 대통령님은 2박 3일 일정을 못내 아쉬워하셨지요. '조금 더 일찍 평양에 왔어야 했다' 며 자주 안타까움을 토로했습니다. 임기 중에 평화협정을 맺는 게 큰 목표였으니까요. 서해에 공동평화구역을 만들자는 합의가 있었지만 평화협정까지 가기에는 시간이 너무 촉박하다며 상당히 아쉬워했었지요.

돌아보면 아쉬운 게 더 많은 날들

이때 진해공관에서의 1박 2일은 대통령님과 떠난 참여정부 마지막 여행이었습니다. 야당의 이명박 후보가 대통령에 당선된 뒤였지요. 공관의 분위기도 침울할 수밖에 없었습니다. 저는 이날 저녁에 너무 울어 눈이 퉁퉁 부었습니다. 다음 정부와 인수인계를 위해 저는 청와대에서 1년 더 머물기로 결정된 날이었습니다.

"자넨 정무직이 아니라 전문직이잖은가. 다음 대통령이 시행착오 없이 잘 일할 수 있도록 해드려야 하네."

하지만 저는 혼란스러웠습니다. 어쨌든 대통령님을 보내고 억지춘향 격으로 남아 있어야 했으니까요. 대통령님과 함께 보내는 마지막 밤이 그렇게 깊어갔습니다.

대통령님을 모시면서 참 신기했던 것 중 하나는, 당신께서는 단 한 번도 제가 촬영한 것을 보자고 한 적이 없었다는 겁니다. 제가 대통령님을 모시는 동안 촬영한 것만 50여 만 컷입니다. 웬만한 사람이라면 한번쯤 자신이 어떻게 비쳐졌는지 보실 텐데 대통령님은 그렇지 않으셨지요. 손녀 서은이와 찍은 사진도 제가 골라서 액자로 만들어 드렸을 때에야 보시고 환하게 웃으셨습니다.

저도 나이를 먹은 요즘에야 대통령님이 왜 그러셨는지 조금 짐작이 갑니다. 당신께서도 사진이 어떻게 나왔을지 왜 궁금하지 않으셨겠습니까? 다만 제가 촬영한 게 그냥 사진이 아니라 기록물이라고 생각하셨던 것 같습니다. 잘 나왔으면 잘 나온 대로, 못 나왔으면 또 못 나온 대로 남겨야 하는 기록물 말입니다.

그러니 혹시나 사진을 보게 되면 수정하고 싶은 욕심을 낼 수도 있어서 그랬던 것이 아닐까 생각합니다. 있는 그대로 촬영되기보다 의도가 들어가지 않길 바라는 마음이 아니었을까 합니다. 사적인 이해관계에는 거의 결벽증처럼 대하시는 대통령님이기 때문이지요. 대통령님의 그 마음을 저는 그렇게 이해하고 있습니다.

대통령님은 재임기간 중 고향인 봉하마을에 내려가셨습니다. 대통령님께서 나고 자라신 봉하에 처음 갔을 때 저는 무척 놀랐습니다. 낮은 산자락을 따라 옹기종기 몇 가구 늘어선 조용한 시골마을. 정말 대통령님처럼 소박한 동네였지요. 대통령님과 함께 봉하산 사자바위도 올라가고 마을 앞 논두렁도 걷곤 했지요. 그러다 갑자기 누가 대통령님과 여사님의 첫 만남을 여쭈었던 것도 기억합니다.

마치 기다리던 질문이기나 한 듯, 대통령님은 옛날 공부하던 시절을 떠올리셨지요. 틈틈이 자전거 타고 다니면서 기찻길 데이트를 했노라고. 그러다 갑자기 "저 철길에서 첫 키스를 했어요"라는 말씀도 하셨습니다. 여사님은 '별 얘기를 다하신다' 고 부끄러워하며 대통령님을 꼬집으려 하셨지요. 대통령님은 여사님의 손을 피하면서 "저기쯤이지, 아마"하며 즐거워하셨습니다. 저도 웃음을 참지 못해 사진을 찍다가 카메라를 놓칠 뻔했지요. 저는 지금도 그곳을 지날 때면 대통령님의 음성이 또렷이 들려옵니다. 여사님을 놀리시며 사람들을 즐겁게 해주셨던 그곳. 요즘은 그곳에 봉하 방앗간과 연꽃 심은 논과 유기농법 논이 들어섰답니다.

대통령님이 세상을 떠난 뒤 벌써 14년이 흘렀습니다. 저의 억측인지는 모르겠습니다만, 뒤늦게야 그 광경이 혹시라도 당신의 훗날을 짐작하신 건 아닌지, 이런 얘기들을 지나가는 농담처럼 남기신 게, 그래도 훗날 이런 사람이 대통령이었다는 것을 알리려고 예비하신 건 아닌지 흠칫 놀라곤 합니다.

설마 아니겠지요. 아무리 운명이란 놈이 부지불식간에 찾아온다지만 어찌 그때 그런 운명을 예감하셨겠습니까? 그렇지만 돌아볼수록 후회막급하고 대통령님이 더 그리워져서 그런 생각을 떨칠 수가 없습니다. 이제는 추억이 되어버린 그 길을, 그 길 위에 놓여 있던 대통령님과의 추억을 이제는 제가 대신 걸어가고 있답니다.

저도에서 2008년 2월

노무현 대통령 때의 자유롭게 수평적이던 청와대 분위기는 금방 바뀌
었지요. 위에서 결정하면 밑에서는 말 한마디 못 하고 따라가는 분위
기로 말이지요. 그게 '고개 잘 숙이고 잘 모셔라'는 의미였던 겁니다.
그런데 '고개를 잘 숙이는' 것은 당시 부속실 직원들이 알아서 저한테
닦달하는 게 아닌 것 같습니다.

3장

대통령님,
촬영하겠습니다

1년만 기다려 주십시오

제가 좀 우둔한 구석이 있습니다. 한 번 일에 빠져들면 다른 일에는 조금 소홀하게 됩니다. 소위 '멀티태스킹'이 어렵지요. 대통령님과 햇수로 꼬박 4년을 함께 하는 동안 저는 대통령님만 생각하며 살았습니다. 임기가 5년이라는 건 알고 있었지만 영영 헤어진다고는 상상하지 못했지요. 봉하마을에 사저를 지었으니 퇴임하시면 저도 당연히 봉하로 내려갈 것이라 생각했습니다.

또 저는 정권이 바뀔 수도 있다는 생각을 해본 적이 없었습니다. 대통령님은 임기를 마치더라도 여전히 민주당이 우리나라를 운영할 것이라고 믿었습니다. 설마 국민이 장사꾼에게 나라를 맡길까 싶었지요. 그런데 야당 후보가 후임 대통령이 되는 사고(?)가 발생했습니다. 저는 퇴임 후의 대통령님을 계속 촬영해서 이후의 삶까지 사료로 남기는 일을 하고 싶었고, 대통령님도 허락했던 일이었습니다.

하지만 급여 없는 봉사직이기에 걱정을 하고 있는 상황이었습니다. 그때 이명박 당선자 인수위에서 저에게 연락이 왔습니다. 1년 동안은 인수인계 할 게 많고 후임자 교육도 해야 하니 저는 청와대에 그냥 남아달라는 요청이었습니다. 생계를 위해 남을 것인가, 아니면 노대통령을 모시러 갈 것인가. 현실적인 고민이 시작이 되었습니다. 또한 아내가 이미 셋째 아이를 임신한 상태라 더더욱 현실을 외면할 수 없는 상황이었습니다. 결국 1년을 남기로 결정하고 부속실에 알렸습니다.

이 결정으로 어떤 파장이 일어날지 당시에는 전혀 몰랐습니다. 하지만 순식간에 저를 배신자 보듯 하는 시선이 느껴졌습니다. 마음이 갈팡질팡 어떻게 해야 할지 몰랐을 때, 부속실 형이 찾아와 말했습니다.

"난 너를 욕했지만 대통령님께서 그러지 말라고 하셨다. 대한민국 청와대에서 필요한 기술직, 전문직은 해야 할 일이 있으니 욕하지 말고 격려해주고 용기를 북돋아주라고 말씀하셨어."

이 말에 저는 눈물이 앞을 가렸고, 형이 간 뒤에 혼자서 화장실에서 펑펑 울었습니다. 그리고 보고를 다시 드렸습니다. 당장은 아니더라도 빠르면 1년, 늦어도 3년 안에는 봉하로 내려가겠다고 말입니다. 후임 대통령 측에서 저한테 요청한 기간은 1년이었습니다. 저의 직무가 그 이전 정부에는 없었던 역할이었고 직무 범위도 구체적으로 정할 수 없는 일이어서 그랬습니다. 저의 업무를 인수인계하려면 촬영은 물론 행사장 세팅과 정리 등 거의 모든 일을 같이 하면서 노하우를 전해야 했지요.

게다가 저의 후임으로 온 친구는 현장 경험이 거의 없었습니다. 나이도 어렸고 기자 경력도 없어서 현장에서 촬영 동선을 확보하는 노하우가 부족했지요. 의전이 중요한 국제 행사를 참관한 적도 거의 없었고 작품사진을 해본 적도 없었습니다. 국내 행사는 서너 달이면 어느 정도 인수인계가 가능하겠지만 해외 순방은 현장에 가서 익혀야 하는 게 많았습니다. 예를 들면, 대통령이 참석해야 하는 회의, 즉 APEC 등 국제회의는 해마다 열리는데, 반드시 가서 분위기를 익혀두는 게 중요하지요. 또 해외 순방에도 여러 격식이 있어서 공식 순방, 국빈 방문 등에 따라 촬영의 노하우가 다르니까요.

저는 그래서 1년만 기다려달라고 대통령님께 간청했습니다. 그 정도 시간은 기다려주실 줄 알았습니다. 저를 곱지 않은 눈으로 보는 분들도 있었지만 마음속으로 다짐을 했습니다. 나를 인정한 대통령님이시기에 반드시 이 생계 문제를 1년 안에 해결할 것이라고.

대한민국 대통령은 함부로
고개를 숙이지 않습니다

노무현 대통령님이 안 계신 청와대 근무는 몹시 힘들었습니다. '노무현 대통령의 흔적을 지우라' 는 주문이 자주 내려왔습니다. 대체 무슨 흔적을 지우라는 말인지 이해하기 어려웠습니다. 대통령님이 청와대 곳곳에 무슨 낙서를 해둔 것도 아닌데, 무엇을 어떻게 지우라는 건지 도통 모르겠더군요.

조금이라도 자기들 마음에 안 들면 대통령님을 들먹였습니다. 크든 작든 회의 때마다 대통령님 비난하고 비아냥대는 게 일상이었습니다. 촬영 들어갈 때마다 마치 저더러 들으라는 것처럼 말입니다. 참 견디기 힘든 시간이었지요.

당시 제1부속실에서는 '경제대통령 이명박' 을 핵심 콘셉트로 잡아서 촬영하라는 주문을 거의 매일 반복해서 전달했습니다. 그리고 저한테는 별도의 주문을 더했습니다. '앞으로도 계속해서 대통령실 전속 사진사로 남으려면 좀 고분고분 하는 게 좋겠다. 인사도 깍듯하게 하고 태도도 공손하게 하라. 촬영 구도 잡을 때도 뻣뻣하게 일

만 하지 말고 좀 붙임성 있게 하라…….'

처음에는 대꾸하기도 귀찮아서 모른 척했습니다. 그런 지적이 몇 번 되풀이 되자 저도 쏘아붙였지요.

"나를 생각해주니 고맙긴 한데, 좋은 말도 한두 번입니다. 당신들한테는 '이명박 대한민국 대통령'이지만 나한테는 '대한민국 대통령 이명박'이니까요."

그랬더니 처음에는 무슨 말인지 못 알아듣더군요. 그래서 다시 설명했습니다.

"당신들한테는 '이명박'이 주어지만 나는 '대한민국'이 주어입니다."

그래도 말귀를 못 알아듣는 거 같아서 한 번 더 강조했지요.

"나는 대한민국 대통령의 전속 사진사이지 이명박 대통령의 전속 사진사가 아닙니다."

제가 그렇게 반발하자 예전처럼 '고개 잘 숙이고 잘 모셔라'는 주문이 조금 줄어들긴 했습니다. 그래도 아랫사람이 '알아서 기는' 과잉 의전은 여전했습니다. 보수주의자들은 주종 관계나 수직 관계의 리더십이 작동하는 모양이었습니다. 저런 관계에서 수평적인 토론이 될까 싶었습니다.

노무현 대통령 때의 자유롭고 수평적이던 청와대 분위기는 금방 바뀌었지요. 위에서 결정하면 밑에서는 말 한마디 못 하고 따라가는 분위기로 말이지요. 그게 '고개 잘 숙이고 잘 모셔라'는 의미였던 겁니다. 그런데 '고개를 잘 숙이는' 것은 당시 부속실 직원들이 알아서 저한테 닦달하는 게 아닌 것 같습니다. 이명박 대통령이 자기보다 좀 높은 사람이라고 생각하면 시도 때도 없이 고개를 잘 숙이는 습관이 있어서 그랬던 모양입니다. 그걸 참모들과 비서들이 보고 배운 것 같았지요. 얼마 지나지 않아 저는 그 현장을 목격했습니다.

2008년 5월입니다. 취임 후 3개월 즈음 '대한민국 이명박 대통령'은 후진타오(胡錦濤) 중화인민공화국 주석의 초청으로 중국을 국빈 방문했습니다. 그런데 그전 일본을 방문했을 때 일왕과 만났을 때 고개를 숙이며 악수를 한 상황이 있었습니다. 나중에 이 장면이 국내에 알려지자 비판이 거셌습니다. '대국 앞에서 쩔쩔매는 대한민국'을 그대로 상징하는 장면처럼 보였으니까요. 뭐, '영업 마인드' 어쩌고 하며 요란스럽게 변명을 했지만 씨알도 안 먹히는 변명이었지요.

그 현장에서 저는 카메라를 던져버리고 싶은 충동을 참느라 애를 먹었습니다. 참 봐주기 힘든 장면이었지요. 순방에 동행했던 언론사 선배 사진 기자들도 이건 아니다 싶었던 모양입니다. 혀를 끌끌 찼으니까요. 아무리 영업 마인드라고 해도 어물전 생선을 파는 것도 아니고 대한민국의 자존감이 걸린 문제였습니다. 하긴 평생을 장사로 단련된 사람이고 정치도 장사하듯 했던 양반이니 국가의 위신도 어물전 생선 팔 듯했을지도 모를 일이지요. 그래도 그건 아니었습니다. 의전상으로도 명백하게 지적해야 할 상황이었지요. 그런데 그때 중국 순방에 따라간 참모들이나 수행원들 중에 이런 사실을 얘기하는 사람이 아무도 없었습니다.

이명박 대통령이 후진타오 주석을 만나는 날이었습니다. 중국 순방에 동행한 수행원 일행이 모여 점심을 먹는 자리였습니다. 제가 앉은 테이블에는 제1부속실장, 경호실장 등이 합석해 있었습니다. 이런저런 얘기가 테이블에서 돌다가 화제는 곧 만날 후진타오 주석을 만나는 문제로 옮겨갔습니다.

오고 가는 얘기가 다 빈 껍데기 같은 말뿐이어서 제가 한마디 해도 되겠냐고 물었습니다. '밥 먹는 자리에서 이런 얘기하는 게 좀 그렇긴 하다' 며 양해를 구했지요. 그러고는 하고 싶었던 말을 다했습니다.

"대한민국 대통령이 비즈니스를 하러 왔다는 건 그냥 청와대 내부의 목표 아닙니까. 아무리 비즈니스라고 해도 언론에 비치는 모습이나 또 그걸 바라보는 국민의 눈높이를 항상 생각했으면 좋겠습니다. 방문국 정상한테 깍듯하게 고개를 숙이는 것은 대한민국이 고개를 숙인다고 생각하지, 대통령이 개인 자격으로 머리 숙인다고 생각하겠습니까? 그러니 제발 정상들 만날 때 고개 숙이지 마시라고 해주세요. 고개 숙이는 장면은 논란이 될 수밖에 없습니다."

그렇게 한 소리 했더니 그제야 제 속이 조금 시원했습니다. 그런데 제1부속실장이 제 얘기에 동의를 하더군요. 그 자리에서 일어나 두꺼운 커튼 칸막이 뒤에서 고위급 인사들과 식사하던 이명박 대통령에게 가서 바로 전달을 한 것 같았습니다.

　당일 오후 후진타오 주석을 만나는 자리에서 촬영이 끝날 때까지는 마음이 불편하지는 않았습니다. 우리나라 대통령이 아무데서나 깍듯하게 머리를 숙이지 않아서 그랬지요. 이후로 제가 청와대를 그만둘 때까지는 그런 일이 없었던 것으로 알고 있습니다.

겨우 빠져나오다

2009년 2월이 되어서야 청와대를 나올 수 있었습니다. 1년을 마치 10년처럼 보냈던 것 같습니다. 앞에서 잠깐 언급했던 5월의 중국 방문을 마치고 돌아온 뒤 7월에는 저를 당장 면직시키라는 요청이 대변인실에 올라왔던 모양입니다. 당시 대변인은 이동관 씨였지요. 부속실에서 '고개 잘 숙이고 잘 모셔라'고 주문하는데 제가 한참 뻗대던 시점이었습니다.

별별 얘기가 모두 시빗거리가 되었습니다. 제가 5년이나 청와대 있었다는 것도 뒷말이 돌았습니다. 그동안 많이 해먹었을 거라는 말 같지도 않은 소리가 뒤에서 오갔습니다. 5년 동안 친구를 만날 시간도 없었던 저로서는 속에서 천불이 날 지경이었지요.

정말 고통스러웠던 것은 대통령님에 대한 정치 보복이 노골적으로 진행된 것입니다. 눈에 보이고 귀로 들리는 일이 너무 많았습니다. 저는 카메라를 내려놓았습니다. 국내 행사장에는 가지 않았습니다. 국제 행사에만 겨우 나갔습니다. 사표를 던져도 반려하는 일이 반복되었습니다. 국내 행사는 안 가도 좋으나 해외 순방에서 어떻게 하는지를 인수인계해주기로 했으니 1년 기한의 약속을 지키라는 거였지요.

사정이 이랬으니 저는 밤잠을 설치는 날이 많았습니다. 남편의 한숨에 아내도 잠을 잘 이루지 못했지요. 하루를 버티는 게 참 버거웠습니다. 같은 청와대인데 대통령이 바뀌자 시간의 무게가 달라졌습니다. 하루가 언제 지났는지 모를 정도로 열중하던 시기와 매 시간마다 시계를 쳐다보며 한숨을 쉬는 때가 있더군요. 그렇게 1년을 버티고 2009년 2월에 청와대를 빠져나왔습니다. 컴컴한 동굴에서 빠져나온 느낌이었습니다.

바로 이어 국방홍보원에서 월 단위 계약직으로 사진 기자 일을 하게 되었습니다. 그 일이 마무리되면 봉하로 대통령님께 문안 인사라도 올릴 생각이었습니다. 그런데 봄기운이 완연하던 4월에 대통령님이 버스를 타고 서초동 검찰에 소환되는 일이 벌어졌지요. 저는 지방 출장 중이어서 현장에 가보질 못했습니다.

저는 대통령님이 검찰에 들어가지 않도록 막아야 한다고 생각했습니다. 검찰 조사를 받아야 할 이유가 없었습니다. 정치 보복이 확실한 상황에서 왜 순순히 검찰에 들어가셨는지 이해하기 어려웠습니다. 수사를 가장한 정치 보복에는 강하게 맞서 싸우는 방법 밖에 없기 때문입니다.

그날 이후로 검찰은 청와대에서 대통령님을 모셨던 직원들은 물론이고 영부인, 자녀들까지 구속시킨다고 언론에 흘리면서 여론전을 본격화했습니다. 검찰의 전형적인 '창피주기용 수사'였습니다. 피의사실을 흘려서 여론의 반응을 보고 대통령님을 마치 범죄자인 것처럼 인식시키려는 수법이었습니다.

마음이야 급했지만 당장 내려가서 합류할 사정이 아니어서 마음고생이 심했습니다. 그래도 선배들이며 기라성 같은 참모들이 봉하에 상주하고 있어서 더 큰 일은 없을 거라고 믿었지요. 그런데 그로부터 채 두 달이 지나지 않아 믿기 힘든 일이 터지고 말았습니다.

대통령님, 촬영하겠습니다

출장을 다녀와 새벽에 귀가한 날이었습니다. 저는 웬만큼 차를 몰아도 크게 힘들어하지 않는 건강 체질입니다. 어릴 때부터 유도를 해서 그랬는지 촬영이 많을 때도 2~3일 밤샘 작업은 거뜬하게 해낼 정도입니다. 그런데 그날은 불길한 조짐을 몸이 먼저 알았는지 집에 들어서자 털썩 주저앉을 만큼 힘들더군요. 겨우 씻고 기절하듯 잠이 들었습니다.

그런데 얼마 되지 않아 아내가 저를 흔들어 깨웠습니다.

"대통령님이 돌아가셨대. 속보가 떴어!"

처음에는 말도 안 되는 소리 말라며 옆으로 몸을 돌려 누웠지요. 그러나 아내가 크게 볼륨을 올린 거실의 TV에서는 아나운서와 기자들의 멘트가 계속 흘러나왔습니다. 봉하마을, 부엉이 바위, 노무현 전 대통령, 투신……. 차츰 정신이 돌아왔습니다. 이게 무슨 말인가? '아니야, 잘못 들은 거야. 내가 꿈을 꾸고 있는 거야.' 그제야 TV를 보니 속보 창이 계속 뜨고 있었습니다. 채널을 돌려도 마찬가지였지요. 믿을 수 없는 일이 눈앞에서 벌어지고 있었습니다.

새벽에 내팽개친 출장 가방을 그대로 들고 바로 봉하로 출발했습니다. 속도를 얼마나 내고 달렸는지 기억이 나질 않습니다. 내려가는 도중에 계속 전화를 하면서 사실이냐고 묻고 또 물었습니다. 선배들은 저에게 대통령 영정사진을 준비하라고 했습니다. 저는 차를 몰면서 한참을 멍하니 운전하다가 정신 차리려 노력했습니다. 그때까지도 현실인지 아닌지 분간이 되지 않았습니다.

청와대에서 일할 때 사진 인화하던 출력소에 전화해서 영정사진을 정했습니다. 대통령님의 유해가 부산 병원에서 봉하로 간다고 해서 보니 이미 많은 분들이 내려와 있었고 저처럼 뒤늦게 도착하는 사람도 많았습니다. 방송사 중계 차량들도 속속 자리를 잡았습니다. 눈물을 흘리며 주위에 서 있는 시민들이 보였습니다. 그제야 조금 실감이 나더군요.

카메라를 꺼내들고 언제 대통령님이 오시냐고 물었습니다. 곧 도착한다는 소식을 듣고 밖으로 나갔습니다. 밖은 이미 통제선과 경찰, 시민, 취재진으로 혼잡했습니다. 멀리서 대통령님의 운구 차량이 다가오고 있었습니다. 눈물이 앞을 가려 아무것도 보이질 않더군요.

1년만 기다려주시면 내려와서 퇴임 후 일상을 기록으로 남기겠다는 약속을 못 지킨 게 너무 죄송했습니다. 죄인이 따로 없었습니다. 운구 차량이 제 앞에 멈추었습니다. 운구 차량 앞에서 눈물 콧물을 흘리며 외쳤습니다.

"대통령님, 촬영하겠습니다."

봉하 2009년 5월

참담했던 나날들

화장터로 가기 전에 대통령님의 관이 사저 곳곳을 들렀습니다. 대통령님의 흔적이 곳곳에 그대로 남아 있는 곳이어서 관을 운구하던 비서관들도 발걸음을 옮기기 힘들어했지요. 영정을 뒤따르던 사람들이 통곡했습니다. 아, 흐르는 눈물 때문에 카메라를 더 이상 어떻게 할 수가 없더군요. 제가 어떻게 이 사진을 찍었는지 모르겠습니다.

봉하에서 서울로 운구가 올라올 때 저도 뒤를 따랐습니다. 경복궁에서 장례식을 지냈고, 광화문에서 노제를 지냈습니다.

김대중 대통령께서 통곡하는 장면은 지켜보는 보던 사람들의 마음이 그대로 드러났다고 저는 생각합니다. '억울한 죽음' 이었지요. 그렇게 대통령님의 영결식을 마쳤습니다.

대통령님이 떠난 뒤 많은 분들이 슬퍼했고, 지켜드리지 못한 것을 죄송해 했습니다. 참담하기 짝이 없는 날들이 그냥 지나갔습니다. 술 없이 잠을 청하기 힘든 나날들이었습니다.

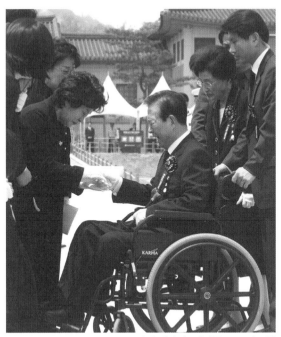

국민장 영결식, 경복궁 2009년 5월

국민장 노제, 광화문 2009년 5월

다시 우리 곁에 오신 분

49재를 치를 때까지 넋이 나간 채 살았습니다. 인생이 한 편의 영화라면 저의 이 시기는 마치 영화 필름을 잘라낸 것처럼 듬성듬성합니다. 모든 게 멈춰버린 상태였는데 비유하자면 스틸 컷처럼 단편적인 장면만 기억에 남았습니다.

49일 동안 봉하를 시도 때도 없이 다녔는데 운전할 때마다 그렇게 눈물이 흘렀습니다. 라디오에서 무슨 노래라도 나오면 대통령님이 떠오르면서 눈물샘이 터졌지요. 서른아홉에서 마흔으로 넘어가는 나이, 무엇을 어떻게 해야 할지 막막하기만 했습니다. 거의 공황 상태였지요. 주머니는 텅텅 비었고 집안 살림은 어떻게 돌아가는지 신

봉하 2016년 5월

경 쓰지 못했습니다.

저의 행색을 본 선배들의 배려가 참 힘이 되었습니다. 49재 전날이었지요. 봉하로 내려가야 하는데 정말 한 푼도 없었습니다. 사진기자협회장인 선배가 광화문에 있는 협회 사무실로 부르더군요. 점심을 얻어먹고 일어서는데 지갑을 털어 수표 2장을 주더군요. 20만 원이었습니다. 왕복 기름값이라도 보태서 쓰라면서 말입니다. 고마워서 또 눈물이 터졌지요. 그렇게 근근이 하루하루를 버텼습니다.

49재를 치르면서 조금씩 제정신이 돌아오는 게 느껴졌습니다. 그리고 여러 가지 변화의 조짐이 있었는데, 우선 저의 오랜 증상이던 난시(亂視)가 없어지더군요. 원래 난시가 심해서 안경을 쓰고 카메라를 잡아야 했는데 49재 행사는 안경을 벗고 촬영해도 전혀 문제가 없었습니다. 0.5에 불과하던 시력도 정상치인 1.0이 되었습니다. 안과 의사가 말도 안 된다며 다시 검진하기도 했습니다. 저도 믿을 수 없는 일이었지요. 대통령님께서 저에게 주신 선물 같았습니다.

의도하지 않았던 또 다른 변화는 무일푼인 저에게 일을 맡기는 분들이 있었습니다. 참여정부 출신 선배가 나를 보고는 그냥 놔두면 큰일 나겠다고 생각했는지 며칠 뒤 제약회사 홍보 촬영을 제안하더군요. 그 일을 하면서부터 일이 조금씩 늘었습니다. 사진 기자 선배도 안타까워 일감을 만들어주기도 했습니다.

제가 마음을 추스를 수 있었던 건 여사님 때문이었습니다. 제가 할 수 있는 일이라야 해마다 몇 차례 찾아뵙고 문안을 여쭈는 정도였지만 그렇게라도 곁에 자리하고 있는 게 도리라고 생각했습니다. 그날 이후로 지금까지 쭉 이어오고 있는 저의 작은 실천이기도 하구요.

이제 봉하에는 대통령님을 기리는 기념관이 들어서 있습니다. 대통령님에 대한 역사는 해가 갈수록 새롭게 조명되고 의미가 깊어지고 있습니다. 그렇게 대통령님은 우리 곁에 계시는 것 같습니다.

14주기를 맞은 2023년 올해는 대통령님에 대한 향수가 더욱 커졌습니다. 권위적이고 일방적인 통치가 도를 넘어서고 있어 더욱 그렇습니다. 대통령님에 대한 기억이, 대통령님이 남긴 자취가 지금도 여전히 큰 울림을 주고 있기 때문일 것입니다.

저는 그동안 대통령님을 기리는 첫 다큐 영화 〈무현, 두 도시 이야기〉를 2016년 함께 제작기획하고 출연도 하면서 많은 분을 만났습니다. 때로는 눈물로 관객과 인사를 나누고 때로는 기쁨을 나누면서 나이를 먹어갔지요. 그동안 우리는 광장에서 함께 촛불을 들며 대통령님께서 말씀하신 '깨어있는 시민' 의 힘을 깨닫기도 했습니다. 광장의 촛불시민들은 모두 대통령님의 현신이기도 했습니다. 마치 대통령님처럼 생각하고 고민하고 말하고 행동했으니까요.

우리는 그렇게 여기까지 왔습니다. 앞으로도 함께 더 나은 세상, 사람답게 사는 세상을 향해 나아갈 것입니다.

제가 참 아둔한 사람이었습니다

세월은 흐르는 물처럼 금방 지나가더군요. 대통령님이 세상을 떠난 다음 해에 저는 어느 경제지의 사진 데스크로 입사할 예정이었습니다. 그런데 2010년, 제5회 전국동시지방선거에 한명숙 전 총리께서 서울시장에 출마했습니다. 캠프의 요청도 있었지만 저도 나름의 역할을 할 수 있기를 바라던 차였습니다.

정권 임기 중에 치르는 모든 선거는 현재 집권 정부에 대한 판단의 성격을 가집니다. 이명박 정권의 정치 보복으로 유명을 달리했던 대통령님을 위해서 제가 할 수 있는 모든 일을 하고 싶었지요. 경제지로 가려던 계획을 포기했습니다. 저는 생계를 잠시 뒤로 미룬 채 한명숙 후보 캠프에 합류해서 열심히 일했습니다. 그러나 막판에 역전당하면서 낙선의 아픔을 겪었습니다. 그동안 기업체의 홍보 일을 대행하면서 밥벌이를 해왔던 저로서도 타격이 컸습니다. 다시 생계를 위해 일을 찾아야 하는 처지가 되었지요.

홍보대행 일은 연속성이 중요합니다. 영업 마인드를 가지고 계속해서 일감을 찾아야 하는 것이지요. 그런데 캠프에서 일하는 동안은

성공회대 운동장 2010년 5월

다른 일을 할 여력이 없었습니다. 영업 라인이 모두 끊기면서 처음
부터 다시 뛰어야 하는 상황이었습니다.

선배의 사무실 구석에 회의 테이블과 긴 의자를 놓고 홍보회사를
차렸습니다. '코픽스'라고, 사진과 영상 중심의 홍보대행 회사였습
니다. 영업은 제가 직접 뛰었고 사업 영역도 확장했지요. 선거 때면
관련 홍보물 제작과 선거컨설팅도 병행했습니다.

시작해서 얼마 안 돼 당산역 근처 빌딩 지하에 60평 규모의 스튜디
오를 설치하고 정식으로 사무실을 열었습니다. 업무 영역도 디자인
과 출판을 망라하는 홍보 대행 회사로 키웠지요. 7명의 직원으로 데
이터베이스 프로그램도 만들어 관공서 납품하는 일까지 했습니다.
열심히 일했고 일한 만큼 수입도 좋았지요. 그렇게 정신없이 일하면

서 비로소 대통령님의 비극에서 조금씩 풀려나는 듯했습니다.

당시에 한 가지 기억하는 일화가 있습니다. 대통령님 3주기를 모실 때였습니다. 제사를 비롯한 행사가 끝난 뒤에 권 여사님께 궁금했던 것을 물었습니다. 왜 퇴임 뒤에 가족 사진이 없냐고요. 여사님이 깜짝 놀라시더군요. 제 말을 듣고 생각해보니 정말 봉하마을에 내려온 뒤로 가족 사진을 한 번도 못 찍었다고 하셨습니다. 그래서 봉하에 있던 참모들한테 왜 가족 사진이 없냐고 물었지요. 생전에 대통령님은 이렇게 말씀하셨다고 합니다.

"자네들이 무슨 가족 사진을 찍으려고 하나? 전문가가 찍어야지."

그 말을 전해 듣고서 저는 주섬주섬 카메라를 꺼냈습니다. 대통령님 빈자리를 그대로 둔 채 가족 사진을 찍으려고 촬영 준비를 했습니다. 나중에 편집 작업으로 마치 같이 계신 것처럼 만들 생각이었습니다. 그랬더니 권 여사님이 그런 저를 말렸습니다. 대통령님이 안 계시니 그냥 있는 그대로 촬영하라는 것이었지요. 저는 울컥하는 속마음을 감추고 대통령님이 없는 대통령님의 가족 사진을 촬영했습니다.

서울로 올라오는 길에서, 그리고 집에 와서도 한참을 울었습니다. 제가 참 아둔한 사람이지요. 대통령님 돌아가시고서 3년이 지나서야 퇴임 후 가족 사진이 없다는 것도 알았고 대통령님이 남기신 말씀도 전해 들었으니 말입니다. 대통령님 생전에 한 번 내려가지 못한 게, 저를 기다렸던 분 사진 한 장 못 남긴 게 그렇게 죄송하고 가슴이 미어질 줄 몰랐습니다.

2012년, 대통령님의 3주기이던 해에 광화문에서 노무현 사진집을 발표했습니다. 장례식 때 많이 알려진 사진을 중심으로 책을 엮었습니다. 엮은이 장철영은 기억하지 못했어도 노무현 대통령의 전속 사진사는 많은 사람의 입에 오르내리는 계기가 되었습니다. 이후로 '노사모' 모임에서 자주 보자는 요청이 있었지만 참석은 사양했습니다. 노사모 선배들을 보면 죄송하고 미안해서 또 눈물이 터질 것만 같아서였습니다.

18대 대선에서 지고,
회사는 거덜 나고

저는 대통령님께 진 마음의 빚을 갚는 심정으로 '노무현재단'에 거의 매주 출근 도장을 찍었습니다. 자원봉사로 2009년부터 한 시민학교에 참석해서 새로운 인연도 만들고 촬영도 도맡았지요. 2010년 가을쯤부터 참여정부 출신들이 모여 다음 대선에 누가 출마할지를 두고 의견이 분분했습니다. 문재인 전 비서실장 이름이 자주 오르내렸습니다. 본인은 한사코 고사했지만 전반적인 분위기는 그랬지요.

그때 참여정부 몇몇이 기획한 것이 '북콘서트'라는 형식이었습니다. 정중하고 예의바른 '신사 문재인 후보'의 장점을 살리기 위해 공을 많이 들였습니다.

2012년 당시 대선 선거운동에서 현장에 관한 일은 대부분 제가 총괄 지휘했습니다. T자형 연설 무대를 처음으로 도입한 것도 그때였지요. 일종의 '현장 플랫폼' 역할을 담당했습니다. 노무현 대통령의 사진사가 문재인 후보 캠프에 있다는 것도 작은 이슈였습니다. 노무현과 문재인을 잇는 관계망에 언론이 주목했는데 노무현 대통령의 참여정부에 몸담았던 인사들이 대상이었지요. 캠프에서도 선거에 도움이 되는 일이므로 굳이 안 할 이유가 없었습니다. 저도 몇 차례

18대 대선 선거 유세장 2012년 12월

인터뷰와 기사가 나가면서 제법 이름이 알려졌습니다.

그 선거에서 우리는 아쉽게 졌습니다. 모두 앞이 캄캄할 정도로 충격을 받았습니다. 아무리 그래도 국민들이 독재자의 딸을 선택할 리가 없을 거라는 오만이 우리의 발목을 잡았습니다. 유권자들에게 미래의 분명한 그림을 보여드리지 못했습니다. 민주당과 문재인 후보가 국민의 신임을 얻는 데 실패했던 것이지요.

그래서 더욱 아프고 참담했습니다. 더구나 저로서는 대선 실패에 겹쳐 사업도 부도 직전이었습니다. 대선에 올인하느라 회사 영업은

사실상 접은 상태였으니까요. 영업과 계약을 책임지는 제가 그랬으니 어쩌면 당연한 일이었습니다. 거래처도 저의 사정을 다 알고 있었는데 대선에 지고 나니 일을 맡기는 데가 거의 없었습니다.

대선 기간 중 저는 무작정 주거래 은행이던 모은행 여의도지점을 찾아갔습니다. 당장 회사가 부도날 지경이어서 염치를 차릴 수도 없어서 대출을 부탁했습니다. 대선을 치르느라 실적이 없으니 사업자 대출은 꿈도 꾸지 못했지요. 그런데 담당자는 제가 노무현 대통령의 사진사라는 걸 알아보더군요. 어려운 사정을 얘기했더니 상급자와 상의한 다음에 목돈을 대출해주었습니다. 당시에도 적지 않은 금액이었지요. 하도 고마워서 목이 잠깐 메었습니다.

그 돈으로 직원들의 밀린 월급부터 지급했습니다. 하지만 대선이 끝난 뒤엔 외주 거래처에 못 갚은 빚이 1억 원이 넘더군요. 그건 제가 감당할 수밖에 없었습니다. 살던 집을 줄이고 친구들이나 친척들한테 손을 벌리면 어떻게 변통은 할 수 있을 거 같았습니다. 어쨌든 회사를 다시 운영하는 것은 불가능한 상황이었지요.

크리스마스 연휴 지나고서 전 직원들과(그래봤자 저까지 6명입니다만) 1박 2일로 MT를 떠났습니다. 마지막 송별연이라도 하고 헤어지려 했지요. 그런데 무거운 분위기에서 저녁을 먹고 둘러앉아 이별주를 시작했는데, 직원들이 조심스럽게 '다시 시작해보자'고 입을 모으는 게 아니겠습니까? 눈치를 보아하니 이곳에 오기 전에 직원들끼리 의논을 했던 모양입니다.

전혀 예상하지 못했던 상황이어서 저는 직원들에게 몇 번을 재차 확인하고 다짐에 다짐을 더했습니다. 다들 결연하더군요. 그래서 종합홍보대행사 코픽스의 마지막 MT는 '코픽스 2기'를 위한 새 출발의 단합대회로 변질되고(?) 말았습니다.

대통령님이 돌아가시고 18대 대선까지 실패에 실패를 거듭하던 제 삶이 이날을 계기로 급격한 방향 전환, 유턴을 하게 됩니다. 실패든 성공이든 그 바탕에는 사람들이 있다는 사실을 이때만큼 중요하게 느낀 적이 없었지요. 또 실패하는 사람들 따로, 성공하는 사람들이 따로 있는 게 아니라는 것도 새삼 느꼈습니다. '1+1=2'라는 법칙이 관계로 맺어진 사람들 사이에서는 전혀 다른 답이 나온다는 것도 말입니다.

그날 출발한 '코픽스 2기'는 '1+1=아무도 모른다'는 결론을 내렸습니다. 미래는 알 수 없으니 일단 다시 시작하기로 한 이상, 그저 열심히 하는 외에 다른 방법은 없었지요. 포기하면 죽는다는 각오로 말입니다.

코픽스 2기는 '새 출발 MT'를 다녀온 며칠 뒤, 그러니까 2013년 1월 첫날, 전체 거래처에 메일을 발송하면서 본격적으로 시작했습니다. 처음 6개월이 정말 힘들었지요. 당장은 기존 부채의 이자를 감당하기도 벅찼습니다. 직원들이 자진해서 봉급을 삭감했는데, 그래도 안 돼서 직원 일부는 언론사 등 다른 회사에 취업을 알선해주면서 버텼습니다.

이 '코픽스 시기'는 지금 돌아봐도 저 자신에게 점수를 좀 주고 싶은 시절입니다. 동료들과 힘을 합쳐 어려움을 이겨내는 법도 배웠고 먼저 주어야 자기의 몫을 가진다는 것도 알았습니다. 그렇지 않고 청와대 있을 때부터 승승장구, 꽃길만 걸었다면 지금의 저는 없었을 겁니다. 세상 사람들과 어깨를 겯고 세상을 바꿔보려는 꿈은 아예 꾸지 못했겠지요.

'코픽스 2기' 식구들은 다들 열심이었습니다. 저도 과거 자동차 딜러 시절을 떠올리며 영업에 최선을 다했지요. 2년 차가 되면서 부채를 거의 갚았고 조금씩 흑자로 전환했습니다.

문재인 당대표

돌아보니 벌써 10년이 지났군요. 2014년 12월 29일, 당시 민주당(당시 새정치민주연합) 소속이던 문재인 국회의원은 당대표 경선 출마를 선언합니다. 당대표 선거의 핵심 이슈 중의 하나는 소위 '친노'라는 계파 관련 논란이었지요. 지금 민주당의 친명, 반명, 비명이라는 '유령 이야기'처럼 당시에도 친노, 반노, 비노 등의 '유령'이 민주당을 배회했습니다.

상대를 규정할 때, 노무현 대통령님과의 친소 관계가 그 기준이라는 게 좀 '거시기'했습니다. 사람이 가진 다양한 정체성과 기질적 특성을 묻어버리고 누구와 친한지 그렇지 않은지로 분류하는 건 봉건왕조 시대에나 어울린다고 생각했습니다. 세습왕조가 있고 왕의 신임 정도에 따라 권력을 향유하는 지배층이 있었으니까요. 인공지능이 사람의 일자리를 대신하는 21세기에 들어선 지 20여 년이 지난 지금도 그런 봉건왕조의 유물을 신봉하는 분들이 많습니다.

아무튼 그래서 저는 문재인 의원이 꾸린 당대표 캠프에는 얼씬도 하지 않았습니다. '친노'라는 구설이 덧붙여질까 그랬지요. 캠프에는 들어가지 못하고 스태프로 후배를 파견시켰지요. 후배에게 준비 과정 행사 진행 등 아이디어를 전했습니다. 밖에서 언론사 기자들, 방송사 선후배들 만나서 밥을 먹으며 문재인 후보를 어필하는 것으로 역할을 한정했습니다.

그 후 저 나름대로 2017 대선에 기여할 수 있는 일을 찾았습니다. 제가 잘할 수 있는 영역, 영상과 이미지를 활용할 수 있는 콘텐츠에 몰두했지요. 2016년에 〈무현, 두 도시 이야기〉라는 다큐 영화 제작에 참여하고 홍보를 기획하는 일이 그것이었습니다. 공동 기획, 출

서울세종문화회관 세종홀 〈무현, 두 도시 이야기〉 토크 콘서트 2016년 10월

연, 홍보 마케팅까지 폭넓게 관여할 수 있었습니다.

〈무현, 두 도시 이야기〉는 10월 26일 개봉 전에 세종문화회관에서 '걱정말아요 그대' 토크콘서트를 통해 처음 부분 공개되었습니다. 제가 주장해서 전체 기획을 하고 진행한 토크 콘서트엔 이재명 당시 성남시장과 정청래 전 의원을 초청했습니다. 토크 콘서트에 두 분이 참석해서 '사람 노무현'에 대한 이야기를 나누도록 기획했지요. 두 분의 거침없고 직선적인 '사이다 발언'이 세종홀을 가득 채운 관객들의 박수와 어울렸습니다. 그것만으로도 대성공이었습니다. 박근혜 대통령의 권위주의, 불통의 시대에 소탈, 소통의 아이콘이었던 노무현 대통령님이 다시 돌아온 것입니다.

서울에서 탄력을 받은 토크콘서트를 시작으로 10월 26일 개봉했지만 영화관에서 극장을 열어주지 않는 바람에 어쩔 수 없이 영화관을 빌려 GV(관객과 대화) 형식으로 전국을 세 차례나 돌았고, 큰 반향을 불러일으켰습니다. 노무현을 잊지 않는 분들에게는 이 행사가 일종의 깃발 역할을 했던 모양입니다. 일정도 노무현 대통령 후보의 대선 경선 코스를 그대로 따랐습니다. 첫 경선이 열렸던 곳이 제주도였습니다. 문재인 대선 경선후보 캠프에서 합류를 요청했지만 일단 전국을 3번 돌고 합류하기로 했습니다. 그러고 나서 《대통령님, 촬영하겠습니다》 출판까지 했지만 제 책 마케팅은 포기하고 바로 문재인 캠프로 합류했습니다. 지난 대선 때도 문재인 후보를 지지했으니 당연한 일이었습니다.

문재인 대통령 청와대 행정관

물론 박근혜 대통령 탄핵이 결정적이었습니다. 그러나 문재인 후보를 대한민국 19대 대통령에 당선시키기 위한 우리들의 노력도 그야말로 '사즉생(死卽生)'이었습니다. 그때 제 마음이 어땠는지는 '장미대선' 다음 날, 대통령 취임식을 마치고서 노무현 대통령님께 편지 형식으로 적은 메모에 기록되어 있습니다.

저의 대통령님께

5월 10일입니다. 다 보고 계셨지요?
문재인 대통령 취임식을 마치고 청와대로 오는 길입니다.
시민들의 모습을 보면서 저도 모르게 눈물이 났습니다.
오랜만에 흘리는 눈물이라 그냥 창밖을 보며 내버려 두었습니다.
이제는 우리가 해냈다고 말씀드릴 수 있습니다.
우리가 잘 해낸 게 맞다고요.
지난 일주일 동안 춘추관과 본관, 여민관과 관저를 꼼꼼히,
몇 번이나 살폈습니다.
선거 현장에서 한마음 한뜻으로 뛰었던 동지들과

문재인 대통령의 성공을 기원하는 마음으로요.

강을 건넜으면 뗏목은 버리는 법이라고 합니다.

이젠 저도 버릴 게 생긴 것 같습니다.

원하는 목표를 이루었으니 저도 다시 원래 자리로

돌아가겠습니다.

새로운 후배들이 많이 왔습니다. 잘하리라 믿습니다.

이번 대통령님 8주기는 그 어느 때보다 의미 있고

빛날 거라 생각합니다.

많은 사람들의 추념과 기억을 받아주세요.

저는 번잡한 자리를 피해 있다가 추도객들이 조금 물러간

며칠 뒤에 찾아뵙겠습니다.

편안한 마음으로 지켜봐 주세요. 잘 해낼 겁니다.

문재인 정부가 들어서고 저는 청와대 행정관으로 다시 복귀한 셈이 되고 말았습니다. 때로는 인생이 뒤에서 밀치는 물결에 밀려가는 강물 같을 때가 있다는데 제가 그때 그런 모습이었습니다.

처음 청와대 근무를 제안받았을 때 완곡하지만 분명하게 다른 할일이 있다는 의사를 전달했습니다. 노무현 대통령 때 청와대 근무 경력도 있으니 후배들이 들어가서 경력을 쌓는 게 더 중요하다고 생각했습니다. 다만 한 가지 바라는 게 있다면 본청 대통령 집무실에서 노무현 대통령한테 작별 인사를 한 번 올리는 거였습니다. 그것으로 저는 족했습니다. 그래서 저는 지친 몸과 마음도 추스를 겸 며

칠 나라 밖으로 나갔습니다. 당시 인수위가 없어서 청와대의 운영체계가 제대로 잡히지 않았을 때였지요. 이런저런 인연으로 알게 된 분들의 전화가 너무 잦았습니다. 일일이 응대하기도 힘들어서 잠시 국내에서는 몸을 감춘 것이지요.

귀국할 짐을 챙기는데 청와대 근무하는 선배로부터 전화가 들어왔습니다. 잠깐 들어와서 인사라도 하고 가라는 것이었습니다. 선거 결과 나오고 곧장 청와대 업무에 투입되느라 제대로 인사를 나누지도 못해서 그랬지요. 고생 많았으니 인사나 하고 헤어지자는 말까지 차마 거절하지는 못하겠더군요. 그래서 잠깐, 그야말로 작별 인사만 하러 갔다가 그만 잡히고 말았습니다.

당시에는 인수위 없이 곧장 국정을 담당해야 했기에 실무 경험자

19대 대선 선거 유세 2017년 4월

가 절대적으로 필요한 상황이었지요. 도와달라는 선배들의 요청을 끝내 뿌리칠 수는 없었습니다. 인수인계 과정이 없어서 대통령실 전속으로 임명된 후배들도 우왕좌왕하는 상태였습니다.

다른 건 몰라도 전속사진팀 세팅은 6월 말까지 끝내기로 했습니다. 그렇게 한 달이 다 지났을 때, 회사를 그만두고 청와대로 들어오라는 제안이 왔습니다. 대통령께서 발령 내기로 했다는 것이지요. 아, 정말 아무런 대책이 없었습니다. 회사 '코픽스'는 친구와 직원들에게 맡기고 저는 다시 청와대에서 근무를 시작할 수밖에 없었습니다.

이번에는 1년 이상 청와대에 몸담지 않겠다는 다짐을 하고서 7월 1일자로 발령이 났습니다. 춘추관 운영 조직에 전속팀이라는 직제를 개설해서 저에게 팀장을 맡겼지요. 원래는 없는 직책인데 일이 그렇게 되었습니다. 저를 아는 선배들은 제가 노무현 대통령 때처럼 직접 카메라를 들어달라고 부탁하기도 했습니다. 그러나 저는 정말 완곡하게 그럴 수 없다고, 그냥 노무현 대통령님의 사진사로 남고 싶다는 생각을 말씀드렸습니다.

솔직히 노무현 대통령님처럼 호흡을 맞출 수 있을지 자신이 없었습니다. 노무현 대통령의 삶과 죽음의 영향이 저에게 너무 컸기 때문입니다. 차라리 실력은 있으나 그런 경험이 없는 후배들이 문재인 대통령과 호흡을 맞추는 게 훨씬 낫겠다고 판단했지요.

다시 청와대를 떠나며

그렇게 1년이 또 훌쩍 흘렀습니다. 새로 임명된 전속팀과 문재인 대통령께 인사드리러 갔습니다. 해가 바뀌어 2018년이었고 6월 말이 얼마 남지 않던 때였습니다. 전속 사진팀 업무가 제대로 돌아가는지만 확인하면 이제 떠날 생각이었지요. 인사를 하고 돌아서는데 갑자기 대통령께서 차를 한 잔 하자고 했습니다. 별 생각 없이 간만에 차 한 잔 하면서 마지막 인사를 해야겠다고 생각했지요.

"철영 씨, 고생이 많지요? 보이지 않게 뒤에서 고생한 것 압니다. 힘들어도 조금만 더 고생해주세요."

대통령이 행정관을 직접 불러서 그렇게 말하는데 안 된다고 말할 수는 없었습니다. 제가 계획을 바꾸는 게 맞는 일입니다. 저는 조용히 대통령 집무실을 물러나왔습니다. 없는 자리를 만들어 들어간 저는 더 위로 승진할 자리도 없는 상태에서 제가 팀장으로 있으면 후배들도 승진하기가 불가능했습니다. 게다가 저는 청와대 근무만 7년을 넘겼지요. 저보다 청와대 경력이 많은 사람은 거의 없었습니다. 그러니 물러날 때가 된 것이지요. 세상 모든 일에는 다 때가 있다고들 하니까요. 후배들도 저 때문에 정체되는 느낌을 지울 수 없었습니다.

다사다난, 우여곡절 끝에 이빨을 두 개나 뽑고 나서야 2019년 5월에 청와대에서 사표가 수리되었습니다. 마치 오랜 짐을 내려놓은 것처럼 어깨가 가벼웠지요. 그리고 이후로는 그동안 가까이 있으면서 못 해봤던 다양한 경험을 쌓는 일에 몰두했습니다.

이듬해에는 국회의원으로 출마하겠다는 한준호 의원의 요청으로 선거를 돕고 보좌관으로 근무하면서 국회에서 입법의 경험을 쌓았습니다. 국회가 무엇을 할 수 있는지, 청와대가 아니라 국회가 왜 정치의 본산이어야 하는지, 국회가 가진 권력을 어떻게 적용하고 활용해야 하는지를 배운 시간이었습니다.

이즈음에 도시공학박사이며 공무원이었던 형님을 암으로 떠나보내야 했습니다. 제가 인생에서 결정적인 선택을 해야 할 순간마다 언제나 격려와 응원으로 지켜봐주던 형님이었지요. 노무현 대통령님 이후 저를 지탱하던 기둥 중에 또 하나가 뽑힌 심정이었습니다. 그 충격과 여운이 쉽게 가시지 않았지요.

그런 다음 2021년에는 또 다른 인연이 연결되어 더불어민주당 송영길 당대표 보좌관으로 1년을 지냈습니다. 국정의 한 축을 담당하는 집권여당이 어떻게 기능하는지, 정책과 정치적 의사결정이 어떻게 제기되고 결정되는지를 옆에서 지켜볼 수 있었습니다. 정치가 어떻게 작동하는지를 배운 것이지요.

제가 노무현 대통령님의 전속 사진사로 인연을 맺은 뒤로 20년 가까운 세월이 흘렀습니다. 그동안 제가 겪은 정치편력이라면, '청와대 → 국회 → 정당'이었습니다. 권력이 작동하는 방식과 통치를 먼저 배우고, 입법과 정치를 학습하고, 정책과 정치의 작동 과정을 배웠습니다.

어떻게 보면 순서가 뒤바뀌었다는 생각이 들기도 합니다. 하지만 '정당 → 국회 → 청와대'의 순서였다고 해서 더 옳았으리라는 보장도 없지요. 무엇보다 그랬다면 제가 대통령님으로부터 '특별과외'를 받는 혜택(?)은 못 누렸을 테니까요. 2022년 대선을 패배하고, 이후 지방선거도 진 후 당대표 보좌관 직에서 물러나서 저는 20년 넘게 살고 있는 일산으로 돌아왔습니다. 이제야 무거웠던 공직의 짐을 벗고서 제가 할 일을 제대로 해볼 수 있는 몸과 마음이 된듯합니다. 저의 다양하고 깊은 경험이, '세상의 중심은 사람'이라고 믿었던 노무현 대통령님이 남겨준 교훈이 오늘의 저를 만들었다 생각합니다.

저는 기자 생활을 하다가 바로 중앙 정치의 중심에 몸담았고, 또한 중앙 정치가 바뀌면 세상이 바뀔 수 있다는 생각으로 중앙 정치에 많은 정성을 쏟았습니다. 때론 청와대에서 직접 정책을 제안해 시행되는 기쁨도 누렸습니다. 임산부 산부인과 지원 바우처, 간이사업자 한도 올리는 정책, 일산 지역의 자동차 전용도로 진입로 확장 등이 그러합니다.

현장의 시민들의 의견을 듣지 않고 만든 입법과 행정은 결국 무너질 수밖에 없고, 듣는 것을 두려워하는 정치인을 뽑으면 결국 아무것도 할 수 없다는 것을 깨달았습니다. '어쩌다 정치인' , '생계형 정치인' 은 이제 없어져야 하겠지요. 직업군도 다양해야 하고 어느 한 곳에 편중된 정치인을 뽑는다면 결국 소통은 고사하고 불통과 시민의 아픔만 늘어난다는 것을 깨달았습니다.

2023년은 제가 세상에 어떻게 쓰일지를 진지하게 고심했던 한 해였습니다. 날이 갈수록 어렵고 암담한 대한민국 경제와 시민의 삶, 정치적 미래를 염려합니다. 무엇보다 선진국의 문턱을 겨우 넘었다가 다시 중진국으로 추락하는 우리의 경제적 위상이 큰 걱정입니다. 가난한 사람은 더욱 가난해지고 부자들은 세금까지 깎아주는 대한민국이 정말 안타깝습니다.

돈 없고 '빽' 없어도 한 번이고 두 번이고 실패를 해도 다시 도전할 수 있는 기회가 있고, 다른 것을 서로 욕하지 않고 틀린 것을 틀렸다고 말할 수 있고, 토론하고 논의해서 최상의 선택이 이루어지는 사회! 각자 서로 다른 위치와 입장에서 말하는 공정과 평등이 아닌, 시민의 상식이 통하는 사회를 위해 대통령님, 저 이제 정치하겠습니다!

풀뿌리 민주주의와 깨어 있는 조직된 힘이 보수와 진보 모두에 있고, 함께 할 수 있는 그날을 위해, 저도 시민의 한 사람으로서 무엇을 할지, 어떤 대안을 내놓을지 깊은 고민과 공감을 통해 행동하겠습니다!

일산에서 2023년 10월

노무현 대통령님께서는 '깨어 있는 시민들' 말씀을 많이 하셨습니다. 그러나 지금의 대한민국은 눈으로 보고 귀로 듣기만 해도 위기라는 걸 모두 아는 지경에 이르렀습니다. 이제 다시 시작하는 것 말고는 달리 방법이 없는 듯합니다. 더 이상 주저하지 말고 눈치 보지 말고 저부터 시작하겠습니다.

4장

무엇을,
어떻게 할 것인가?

다시, 시작!

아내가 둘째를 가졌을 때 저는 신혼 살림을 시작했던 서울 북가좌동을 떠났습니다. 이사할 때 동네 어르신들이 많이 아쉬워하셨지요. 당시에 그곳은 주택이 대부분이어서 셋방살이할 때 주차 문제가 참 골치였습니다. 집주인 허락 없이 아무 집 옆에 주차했다가는 난리가 났지요. 더구나 저는 밤늦게 퇴근하는 경우가 잦아서 미리 허락을 받아야 했습니다. 음료수를 사들고 동네 어르신들을 거의 다 찾아다녔습니다. 혹시 몰라서 차 키를 복사해서 자주 주차하는 곳 집주인인 어르신들께 아예 맡겼지요. 그러면서 어르신들과 많이 가까워졌습니다.

제가 살았던 곳은 비탈길이 많아서 겨울에는 자주 얼음판이 되곤 했습니다. 한번은 동네 어르신이 얼음판에서 넘어졌는데 팔이 부러졌지요. 119가 오기까지 어릴 때 유도를 하면서 배운 기술(?)을 써먹었습니다. 얼른 뼈를 맞추고 집에서 쇠젓가락을 가져와 부목을 댔지요. 이런 경우 외에도 어르신들을 도울 일이 가끔 있어서 제법 인기가 있었습니다. 동네에 궂은일이라도 있으면 일단 젊은 제가 나섰지요.

그렇게 정들었던 동네를 떠나 집을 옮긴 곳이 일산입니다. 벌써 20년이나 되었습니다. 일산에서 둘째와 셋째 녀석을 얻었고 청와대를 다녔습니다. 자유로의 봄 여름 가을 겨울을, 시시각각 변하는 한강의 노을을 저만큼이나 헤아려본 사람도 그리 많지는 않겠지요.

저의 '특별과외 선생님' 노무현 대통령님이 떠난 지도 14년이 지났습니다. 대통령님 곁에서, 대선과 서울시장 선거와 국회의원 선거를 숱하게 치르면서, 여의도 정치의 한가운데를 지나오면서 저는 조금씩 성장했고 중년이 되었습니다.

오랜 행군을 마치고 일산으로 돌아온 저는 깊은 고민에 빠졌습니다. 저의 대통령님이 그렇게 고대했던 '사람 사는 세상'은 아직 멀리

서울 2003년 8월

있습니다. 아니, 검사 출신의 대통령이 집권하면서 '반칙과 특권' 은 일상이 되었습니다. 수출과 무역으로 성장해야 하는 우리나라가 1% 대 성장으로 추락했습니다. 가진 사람들의 세금을 깎아주고 없는 사람들의 복지는 줄이고 있습니다. 오르는 물가는 못 잡고 애꿎은 사람들과 야당만 잡습니다. 법대로 하자면서, 오히려 법을 지키려는 군인과 경찰을 잡도리합니다. 외교(外交)를 잘 하라고 했더니 외유(外遊)만 즐깁니다. 나라 밖, 외국의 언론들이 도리어 나라 안, 우리 언론과 정치를 걱정하는 시절이 되고 말았습니다.

　추락하는 우리 경제와 서민의 살림살이를 걱정해주지 않는 정치, 가난한 사람들을 더욱 궁지로 모는 정부, 서울 한복판에서 159명의 젊은 청년들이 죽어가도 누구 하나 책임지는 사람이 없는 나라, 앞으로 가랬더니 좌와 우를 살피며 이념을 앞세우는 대통령, 우리 국민이 준 권력을 일본을 위해서 사용하는 최고 권력자……

　노무현 대통령님께서는 '깨어 있는 시민들' 말씀을 많이 하셨습니다. 그러나 지금의 대한민국은 눈으로 보고 귀로 듣기만 해도 위기라는 걸 모두 아는 지경에 이르렀습니다. 이제 다시 시작하는 것 말고는 달리 방법이 없는 듯합니다. 더 이상 주저하지 말고, 눈치 보지 말고, 저부터 시작하겠습니다. 제 몸이 깃드는 곳, 제 발길이 닿지 않은 데가 없는 일산에서 다시, 시작하겠습니다. '땅에 넘어진 자 땅을 짚고 일어서야 한다' 는 옛 어른의 말씀처럼, '농부는 밭을 탓하지 않는다' 는 대통령의 말씀처럼……

도대체 정치란 무엇인가?

대개 정치의식은 가까운 타인이나 이웃을 생각하는 데서 출발하는 것 같습니다. 이 사람은 열심히 일하는데도 왜 만날 가난할까, 저 친구는 직업도 없이 어떻게 열 채가 넘는 아파트를 가지고 떵떵거리며 살까, 왜 송파구의 세 모녀는 집세 낼 돈만 겨우 남겨놓고 생을 마감하고, 누구는 슈퍼카를 몇 대나 굴리면서도 세금은 쥐꼬리만큼 내는 걸까, 같은 사람으로 태어나도 누구는 행복하게 한 세상을 살아가고 어떤 이는 인생 자체가 형벌을 받는 것처럼 느껴질까, 대체 세상은 왜 이렇게 불공평할까…….

이런 의구심은 저도 별반 다르지 않습니다. 밤새워 일한 뒤에도 아침 일찍부터 다른 알바를 뛰어야 살아갈 수 있는 청년들의 일상은 우리네 전체의 미래와도 연결됩니다. 우리나라의 미래를 이끌어갈 청년들이 당장 먹고사는 문제에 하루의 대부분을 빼앗기면 당사자의 미래는 물론이고 우리 공동체의 미래도 어두울 게 분명하니까요.

그러니 그들에게 꿈을 가질 시간과 미래를 준비할 여유를 주는 것은 시혜(施惠)가 아니라 성공적인 투자일 가능성이 높습니다. 그런데도 국가는 왜 그들에게 하루 한 끼와 몇 시간의 여유를 그냥 주려고 하지 않을까…….

제가 생각하는 좋은 정치의 시작은 이런 이웃들의 처지에 깊이 공감하는 것입니다. 다양한 이유로 불행해진 사람들, 어쩔 수 없이 감당해야 하는 이웃의 고통을 알아차리는 것이지요. 세상에 태어날 때부터 가난한 부모를 선택했던 사람은 없기 때문입니다. 불행한 이웃이 많아지면 모두가 불행해질 가능성이 높습니다. 다수가 불행한 상태에서 소수만 부유하고 행복한 공동체는 예외 없이 공멸한다는 것을 인류의 역사는 보여줍니다.

공동체 구성원이 겪는 다양한 불행에 대응하고 관리하는 역할을

국회의사당 2003년 6월

200

하는 것이 정치입니다. 정치는 사회단체나 종교단체와 비교할 수 없이 큰 권한(법과 제도)과 자원(예산과 인력)을 동원하여 언제, 어떻게, 누구에게 투입할지를 결정할 수 있습니다.

이처럼 정치는 공동체가 안정적으로 유지되고 발전하기 위해서 고안된 제도입니다. 국가도 공동체입니다. 다른 나라와의 경쟁에서 뒤처지지 않고 성장과 번영을 누리는 것이 목표입니다. 이를 위해서는 내부의 갈등이 커져 폭발하지 않도록 조정해야 합니다. 세상이 소란스럽고 험한 말이 마구 튀어나오는 것은 내부의 갈등이 순조롭게 해소되지 않아서이지 하늘이 두 쪽으로 갈라졌기 때문이 아닙니다.

그래서 저는, 정치의 기본이 '생명과 평화'라는 주장에 동의합니다. 생명을 가볍게 취급하는 공동체가 평화로울 수 없고, 평화가 흔들리면 공동체의 모든 생명이 위험해지기 때문입니다. 이 원리는 국가 간에도 마찬가지입니다. 이웃한 나라 간에 갈등이 격화되면 평화가 깨지고 전쟁의 공포는 국민의 생명을 위협합니다. 그래서 저는 국민의 생명과 평화를 보장하지 못하는 정치와 국가는 다시 재구성되어야 한다고 생각합니다. 어떻게 재구성할 수 있을까요?

사람을 바꾸는 게 재구성의 출발입니다. 정치가 엉망이면 정치인을 바꿔야 하고, 나라가 엉망이면 대통령을 바꿔야 합니다. 정치인이 엉망이라고 정치를 없앨 수 없고, 나라가 엉망이라고 다른 나라 대통령을 데리고 올 수가 없으니 그렇습니다. 그렇게 하라고 선거가 있고 헌법이 있고 국민이 있는 것 아니겠습니까?

　더구나 우리는 그렇게 정치를 바꾸고 대통령을 바꾼 '혁명의 경험' 이 있습니다. 그것도 최근에 말입니다. 한꺼번에 다 바꿀 수 없다면 차근차근 하나씩 바꿔나가는 방법도 있습니다. 내년 총선에서 그동안 밥값 못한 정치인들부터 바꾸는 것입니다. 그렇게 하는 것이 지금 우리가 하는 '정치' 입니다. 또 그렇게 하는 것이야말로 우리 모두의 '생명과 평화' 를 지키는 길이라고 저는 생각합니다.

국회의사당 2022년 2월

정치인을 바라보는 두 개의 시선

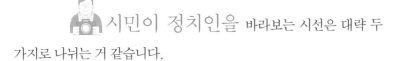시민이 정치인을 바라보는 시선은 대략 두 가지로 나뉘는 거 같습니다.

하나는, 본래의 진면목이 따로 있다고 생각하는 것입니다. 저 사람이 원래는 그렇지 않은데 정치를 하다 보니 어쩔 수 없이 '정치인처럼' 행동한다는 것이지요. 다음 선거에 또 출마하려면 공천권을 가진 지도부한테도 잘 보여야 하고 실세 정치인에게 줄도 서야 하니 그렇다는 겁니다. 어떻게든 튀어야 인정받는 분위기라 말도 가급적 세게, 몸싸움도 투사답고 용감하게, 충성 경쟁을 통해 진정성도 확실하게 드러내야 하지요. 그런 걸 보면 정치인도 3D 직업군에 들어간다고 많은 분이 동정을 보냅니다.

또 하나의 시선은 정치라는 영역 자체가 모리배들이 모여 이전투구(泥田鬪狗)를 벌이는 곳쯤으로 생각하는 것입니다. 공공의 이익보다 사욕을 채우는 데 몰두하고, 권력을 탐하느라 국민은 뒷전일 거라고 확신합니다. 멀쩡한 사람도 발을 들이기만 하면 예외 없이 괴물처럼(?) 되기 때문에, 멀쩡한 사람일수록 정치판을 기웃거리면 안 된다고 강하게 주장합니다. 아주 부정적인 시선입니다.

청와대부터 국회까지 근 20년 동안 정치의 영역에서 밥을 먹은 저는 두 가지 시선이 다 틀렸다고 생각합니다. 다음 선거 공천 때문에 어쩔 수 없이 '정치인처럼' 행동하는 사람은 없더군요. 그렇게 살아왔거나 그렇게 사는 게 별로 이상하지 않은 사람들이 그런 정치를 하는 것뿐입니다. 앞에서 하는 말과 뒤에서 하는 행동이 다르다면 그 사람은 국회의원이 되기 전에도 그랬던 사람입니다. 생각이 다르다고 모진 말을 서슴없이 뱉는 정치인은 국회의원이 되기 전에도 그래왔던 사람일 가능성이 큽니다. 그래서 누가 시키지 않아도 알아서 그렇게 하는 것이지요.

양식과 상식을 갖춘 사람은 격화되고 있는 여야 간의 대립을 걱정합니다. 정치는 생각이 다른 사람들이 모여서도 싸우지 않고 함께 살아가는 방법을 모색하는 장치(시스템)라고 할 수 있습니다. 생각이 다른 사람들이 모였으니 당연히 갈등이 있겠지요. 그런데 생각의 차이가 아주 커서 갈등이 심각해지면 파국을 맞을 수도 있으니 그렇게 되기 전에 갈등의 수위를 낮출 필요가 있습니다. 각자가 가진 '생각의 차이를 줄이는 일' 입니다. 그것이 정치의 역할이지요.

그런데 이 '생각의 차이를 줄이는 일' 이 생각만큼 쉽지 않습니다. 얼마나 어려우면 사람들이(국민) 십시일반 푼돈을 걷어(세금) '생각의 차이를 줄이는 일' 을 전문적으로 하는 기구(국회)를 만들고 그런 일에 적합하다고 짐작되는 사람들을 뽑아서(국회의원) 모아놓겠습니까.

민주주의 정치에서 갈등의 수위를 조절하는 유일한 수단은 '말(言)' 입니다. 로마의 검투사처럼 칼과 방패를 들거나, 미국의 서부 개척 시대처럼 총을 들고 결투로 판가름내지 않지요.

그러므로 국회에서 '말'이 많아지는 현상은 나무랄 게 아니라 권장해야 할 일입니다. 문제는 그 말의 내용과 말하는 정치인의 태도입니다. 서로 다른 생각이 논쟁을 통해 타당한 방안을 찾으려면 자신의 생각을 상대에게 이해시키려는 노력만큼이나 상대방의 생각을 이해하려는 노력도 중요합니다. 그래야 생각의 차이를 줄이는 일에 집중할 수 있습니다.

그런데 언젠가부터 이런 보편타당한 대화의 방식에서 우리 정치는 한참 벗어난 것 같습니다. 고함을 질러야 자신의 생각을 정확하게 설명한다고 여깁니다. 비판과 막말을 구분하지 못합니다. 날카로운 비판을 해야 할 시점에 꼭 과도한 공격성을 드러냅니다. 자신의 공격적인 발언이 '사이다'였는지 아닌지에 더 관심을 가집니다. '말의 경합'으로서의 정치가 아니라 반짝 빛나는 '유행어'를 만들기 위해 몸부림치는 이상한 예능 프로그램 녹화 현장처럼 느껴지는 것이지요.

그래서 솔직히 저는 요즘, 누구나 정치를 할 수 있고 정치인이 될 수 있지만, 아무나 정치인이 되면 안 될 거 같다는 발칙한(?) 생각을 많이 합니다. 평균적인 시민의 소양 정도는 갖춘 사람이 정치인이 되었으면 좋겠다는 생각도 합니다.

저만 그런 것이 아니라 여의도 정치를 바라보는 시민들도 정치인의 자질과 덕목을 자주 언급합니다. 도덕성, 합리성, 공공성, 책임성, 겸손, 비전, 경영 능력 등이 그렇습니다. 언뜻 대단한 자격 요건처럼 보이기도 합니다. 그러나 사실, 이런 덕목은 이웃과 화목하게 살아가는 시민이라면 마땅히 갖추고 있을 품성에 가깝습니다. 하물며 보통의 가정도 그렇습니다. 합리적이지 않고 책임감 없는 부모가 행복한 가정을 이루기는 불가능하니까요.

이처럼 최소한의 덕목들이 재삼 정치인에게 요구되는 것은 그만큼 국회의원이 시민의 평균적인 품성에도 못 미치기 때문으로 보입니다. 어떻게 하면 좋을까요?

국회의사당 2022년 2월

내부의 자정 노력과 시민의 선별 노력이 같이 진행되면 좋겠습니다. 정치인은 꼭 지켜야 할 규범을 스스로 만들고 시민은 제대로 평가해서 다음 선거에 꼭 반영하는 방식으로 말이지요. 그래서 좀 시간이 걸리더라도 좋은 정치인을 꾸준히 키워가면 어떨까요?

생명과 평화라는 공동체의 목표를 늘 염두에 두고, 서로 다른 생각의 차이를 줄이려 노력하고, 그저 좋은 소리보다는 비록 우리 편이 아니더라도 타당한 의견을 존중하는 정치인, 오는 말이 개떡 같아도 가는 말은 찰떡처럼 해주는 아량 있는 태도, 협량한 상대의 비아냥거림에도 흔들리지 않는 대범함, 끝까지 예의 바른 언어로 자신의 생각을 알아듣게 설명하려는 내면의 단단함을 지닌, 그런 정치인을요.

제가 존경하는 대통령님의 말씀처럼 '깨어 있는 시민'의 역할이 더욱 중요해지는 지금입니다. 물론, 자기 혼자만 깨어 있는 것처럼 착각하는 사람이 많다는 것도 문제입니다만.

'자리' 가 사람을 만들 수는 없지요

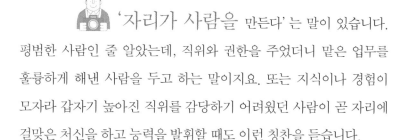 '자리가 사람을 만든다' 는 말이 있습니다. 평범한 사람인 줄 알았는데, 직위와 권한을 주었더니 맡은 업무를 훌륭하게 해낸 사람을 두고 하는 말이지요. 또는 지식이나 경험이 모자라 갑자기 높아진 직위를 감당하기 어려웠던 사람이 곧 자리에 걸맞은 처신을 하고 능력을 발휘할 때도 이런 칭찬을 듣습니다.

그런데 저는 이런 말을 잘 믿지 않습니다. 뛰어난 사람은 겉으로만 봐서는 알 수 없다는 교훈이라면 몰라도 이런 경우를 실제로 본 적이 없기 때문입니다. 그보다는 자신의 재능과 실력으로 감당할 수 없는 자리에 올랐다가 끝내 패가망신한 위인이 많았지요.

저는 아래서부터 차곡차곡 실력을 쌓고 다양한 경험을 익혀서 한 계단씩 올라온 사람에게 신뢰가 갑니다. 그런 과정에서 평판과 실력이 드러나기 때문이지요. 그렇게 되면 그에 합당한 지위와 권한이 주어지게 됩니다. 그게 정상입니다. 주방보조를 거치지 않고 주방을 몇 번 들락거렸다는 이유만으로 곧장 주방장을 맡아 칼질을 하는 식당은 대부분 오래 못 갑니다. 주방장이 간만 잘 맞춘다고 할 수 있는 일은 아니거든요.

그러나 정치의 영역에서는 이런 일이 수시로 벌어집니다. 정해진 매뉴얼이 있는 것도 아니고 누구나 뛰어들어 '사업(?)'을 벌일 수 있기 때문입니다. 제가 '사업'이라 비하하는 표현을 쓴 것은, '공공재로서의 정치'보다 선거를 통해 획득한 '권력의 쓸모'에 더 관심을 가진 부류들이 적지 않기 때문입니다. 어떤 사회를 만들겠다는 청사진도 없이 '통치'에만 몰두하는 행태가 그렇습니다. 그나마 선거 때 내세운 '공약'도 스스로 파기하지요. 하다못해 죄송하다는 변명조차도 없이 말입니다.

'자리가 사람을 만든다'는 말이 보편적으로 통용되는 상식이라면 임기를 1년 반이나 넘긴 윤석열 대통령도 처음과는 분명히 달라졌어야 합니다. 그러나 달라졌다는 평가는 별로 없습니다. 어쩌다 대통령이 된 것까지는 그래도 이해하려 애씁니다만, 대체 무엇을 하려는 건지 여전히 모르겠습니다.

이런 윤 대통령의 됨됨이를 두고 '검사 출신이라 그렇다'는 분석이 많습니다. 반평생 동안 범죄자와 피해자의 이분법적 사고로 훈련된 사람이라 세상을 적과 아군으로만 구분한다는 것이지요. 야당의 대표가 '피의자(?)'이기 때문에 지금까지도 만나지 않는 태도를 보면 일리 있는 분석이기도 합니다.

그러나 저는 꼭 그렇게만 생각하지 않습니다. 오래 검사 생활을 했던 분 중에도 그렇지 않은 사람이 많기 때문입니다. '윤석열 검사'는 검사였기 때문에 그런 사람이 된 게 아니라, 원래 그렇게 교육받고 생각하며 성장한 사람이라고 보는 게 더 합리적일 것입니다. 윤석열 대통령의 지난 1년 반을 지켜보면서 제가 윤 대통령을 해석하는 핵심 키워드는 '불안' 입니다.

첫째, 지켜보는 사람들이 아슬아슬하기 때문에 그렇습니다. 서로 다른 생각의 차이를 좁혀서 갈등을 최소화하는 '좋은 정치' 까지는 바라지도 않습니다만, 국민이 맡긴 권력을 이용해 외려 갈등을 키우는 일을 반복하고 있습니다. 문재인 정부 시절의 시민과 지금의 시민을 굳이 구분해서 통치하는 것 같습니다. 노조를 없애면 지상 천국이 될 것처럼 눈을 부라립니다. 조금이라도 문제가 생기면 전 정부 탓을 합니다. 검찰과 국정원과 감사원을 통치의 도구로 활용합니다. 그러는 동안 이태원에서는 참사가 터졌고 북한의 무인기가 서울 한복판을 활주하고 용산 대통령실까지 다녀갔습니다. 어떤 사회, 어떤 대한민국을 만들겠다는 것인지 명확하게 제시한 적도 없습니다. 그래서 지켜보는 시민들이 불안합니다.

외교 현장에서 윤 대통령은 거의 '미스터리 수준' 입니다. 외교는 의전으로 시작해서 의전으로 끝나는 것인데 바이든과 선 채로 40초를 만나고서 현안을 논의했다고 주장합니다. 의제를 정하지 않았으니 안 만나겠다는 일본 총리를 기어이 찾아가서 악수만 하고 나오는 건 대체 무슨 심산인지 모르겠습니다. 외교를 모르니 뭐가 부끄러운 짓인지도 잘 모르는 것 같습니다. 그러니 외국에 나갈 때마다 시민들이 불안한 것이지요.

둘째, 윤 대통령 자신이 스스로를 불안하게 여기는 거 같습니다. 도어스테핑을 중단한 건 대통령 본인이 자신을 믿지 못해서 불거진 대표적인 현상이라고 저는 생각합니다. 잘못된 부분은 고치면 되는데 아예 없애버립니다. 마치 박근혜 전 대통령이 세월호 참사가 터진 뒤에 해양경찰청을 없애 버린 것과 비슷합니다.

'바이든' 과 '날리면' 을 두고 보도한 MBC를 저토록 모질게 짓밟는 것도, 필요한 때에 기자회견을 못 하는 것도 자신이 불안해서입니다. 사고는 본인이 저지르고 뒷감당은 참모들이 해왔는데 언제까지나 그럴 수는 없으니 아예 그런 기획을 없애버리는 것이지요.

왜 그러냐고요? 간단합니다. 감당할 자신이 없기 때문입니다. 실패와 실수를 통해서 자신을 단련해본 경험이 없으니 자신감이 없는 것이고 그런데도 또 그걸 해야 하는 '자리' 에 덜컥, 앉았으니 감당이 안 되는 것이지요. 제가 앞에서 강조했듯이 절대로 '자리' 가 사람을 만들지 않거든요.

불안한 사람은 갈팡질팡합니다. 윤 대통령도 예외가 아니지요. 근로시간 개편을 두고 한 달 넘게 헤맨 것도, '용산 시대' 를 열겠다면서 청와대 영빈관은 계속 사용하면서 왔다 갔다 하는 것도, 한일과 한미 정상회담을 목전에 두고 NSC의 수장을 경질한 것도 불안하기 때문입니다. 모르면 불안하고, 불안해지면 사람도 잘 믿지 못하는 법이니까요. 옆에서 보는 시민들도 이렇게 아슬아슬한데 정작 윤 대통령 본인은 어떻겠습니까? 짐작만으로도 딱한 처지가 손에 잡힐 듯하지 않은가요? '불안은 영혼을 잠식한다' 라는 영화 제목이 연상될 정도로 처지가 절박해 보입니다.

윤 대통령의 불안이 정말 두려운 것은 우리의 외교에도 영향을 끼치기 때문입니다. 외교는 '최대한의 국익' 이라는 목표만 있을 뿐, 딱 부러지는 정답은 없는 게 보통입니다. 확실성보다 '가능성의 게임' 이라는 표현이 더 적절한 이유이기도 합니다. 그래서 모든 나라의 최고지도자는 고뇌할 수밖에 없습니다. 정답이 아니라 국익을 최우선으로 하는 방법을 찾아야 하기 때문입니다. 자신이 꺼낼 카드도 고심해야 하지만 이해관계가 걸린 다른 나라가 내밀 카드도 고려해야 합니다.

국익이 목표가 되면 우방이 아니라 맹방(盟邦)이라 하더라도 우리나라를 중심에 두고 주변을 살피는 수밖에 없습니다. 자기 몫을 키우는 게 우선이므로 '동업자의 의리' 는 후순위로 밀려납니다. 그래서 이런 고민도 훈련이 필요합니다. 모든 나라가 전문 외교관을 양성하고 견문을 넓히도록 훈련시키는 것도 이런 이유 때문입니다. 그런데 오랫동안 편을 가르는 데 익숙했던 사람, 늘 우리 편이 옳다고 믿어온 사람은 고민하는 방법에 익숙하지 않습니다. 특히 정답이 없는 정치와 외교의 복잡한 고차방정식 앞에서는 더욱 그렇습니다. 늘 선택하는 데만 익숙했기 때문입니다.

윤 대통령은 미국과 일본의 편에 섰습니다. 그것도 미국과 일본이

놀랄 만큼 자발적으로, 아무 조건도 달지 않고 달려갔습니다. 그래야 하는 이유를 국민에게 제대로 설명한 적도 없습니다. 자유와 민주주의 가치를 공유하기 때문이랍니다. 지난 30여 년 동안, 자유와 민주주의 가치를 공유하지 않고도 가장 많은 무역 흑자를 기록한 중국에 대해서는 한마디도 없었습니다. 그렇다고 앞으로의 전략을 치밀하게 준비한 것 같지도 않습니다. 그래서 정말 불안합니다.

저는 윤 대통령이 미국과 일본, 그리고 서유럽 선진국들이 쳐놓은 진지에 홀라당 합류했기 때문에 비판하는 것이 아닙니다. 다만, 얼마나 고뇌했는지, 앞으로 우리의 운명은 어떻게 될 건지를 충분히 검토했는지를 묻고 싶은 것입니다. 잘 모르면 질문도 제대로 못 하는 게 정치고 외교입니다. 그러면 듣기라도 잘해야 하는데 그것도 해봤어야 할 수 있습니다. 그런 훈련도 충분하지 않은 분이 이처럼 과격한(?) 속도로 서두른 이유를 모르겠습니다.

혹시라도 제가 걱정하는 것처럼, 잘 모르니 불안해서, 그 불안을 견딜 수 없어서, 그동안 살아온 삶의 경험으로 보건대 '우리 편은 다 옳다'라고 단정하고, 그 안에 몸을 숨긴 것은 아닌지, 물어보고 싶어서 그럽니다. 불안은 영혼을 잠식한다는데, 정말로 그런 사람도 많다고 하니, 걱정이 많이 됩니다.

경기북도 시대, 일산은
어떻게 변해야 하는가

모든 변화는 우리에게 위기와 기회를 동시에 던져줍니다. 같은 일이라도 위기로 받아들이면 움츠러들 수밖에 없습니다. 수세적이 되고 납작 엎드려 꼼짝하지 않습니다. 그러나 기회라 생각하면 반응부터 달라집니다. 능동적으로 사고하고 전략을 세우고 대비합니다. 때를 기다리며 용기를 냅니다. 기회가 오면 놓치지 않습니다.

고양특례시 승격은 일산 시민에게 30년 만에 찾아온 기회라고 생각합니다. '서울의 베드타운' 이라는 태생적 한계에 갇혀 오랫동안 숨죽이며 살아왔던 일산입니다. 출퇴근길 정체를 숙명으로 받아들여야 했고, 산업을 통한 부가가치 창출이 한계에 봉착한 지 오래이며, 미래의 전망은 희미했습니다.

일산의 정치는 언제나 해바라기처럼 서울만 바라보았고 지역 경제의 침체에는 속수무책이었습니다. 부동산 가격 상승에 기대는 것 말고는 변변한 지역 산업정책조차 준비하지 못했습니다. 일산을 경기 북부의 핵심적 정책도시로 만들기 위해 경기도를 움직이고 경기도의 산업정책에 끈질기게 관여하는 모습을 보지 못했습니다. 일산의 정치적 위상을 높이기 위해 파주, 김포, 부천, 의정부, 인천 등의 정치인과 교류하고 연대하면서 전체적인 비전을 만들어가는 노력도 드물었습니다.

왜 그랬을까요? 일산을 자신의 정치적 성장 발판으로 삼으려는 정치인은 많았지만 늙어서 이곳에 몸을 누이겠다는 정치인은 드물었기 때문입니다. 서울의 베드타운, 경제적 여건만 충족되면 언제든 떠날 수 있는 곳, 그런 일산의 숙명을 정치인들도 그대로 수긍하고 따랐기 때문입니다.

그렇다고 해서 저는 그분들을 원망하지 않습니다. 그것이 일산의 숙명이고 일산 정치인들 대부분의 숙명이었다는 것을 이해합니다. 그러나 이제 우리에게도 30년 만의 변화가 찾아들었습니다. 이것을 위기로 받아들일지 큰 변화를 위한 기회로 삼을지는 전적으로 우리가 결정해야 합니다.

일산을 경기도의 핵심적 정책 도시로 발전시킬 수 있는 마지막 기회입니다. 이를 위해서는 고양시 전체가 한 팀처럼 움직여야 합니다. 일산과 고양뿐만 아니라 인접한 지자체 및 경기도와의 소통, 설득, 협력이 대단히 중요합니다. 협상하고 서로의 이해관계를 조정하는 능력이 필요합니다. 무엇보다 일산지역 시민의 오랜 소망과 피해의식을 이해하는 정서적 동일성을 갖춘 정치인이 필요합니다. 이제야말로 '정치력'을 갖춘 정치인, 경기도를 휘젓고 다닐 수 있는 끈기와 집요함이 필요하다고 생각합니다.

지금 이대로는 안 됩니다. 변화를 받아들이자는 의미는 '일꾼을 바꾸자' 는 의미입니다. 모든 변화는 가장 먼저 인물의 교체로부터 시작됩니다. 일산 정치인의 '정치력' 을 높여야 합니다. 경기도를 안방 드나들 듯하며 연대하고 협력하며 공동의 목표를 만들 수 있어야 합니다. '진짜 고양시민' 이 나서야 합니다. '전문가 정치' 가 아니라 '시민정치' 로 일산 시대의 변화를 끌어안아야 합니다. 오랫동안 시민과 호흡하고 시민의 이해와 요구를 가장 발 빠르게 정책으로 만드는, '현장파' 정치인이 필요한 것입니다.

일산 정치인의 또 다른 과제는 윤석열 대통령의 변화를 이끌어내는 것입니다. 고양특례시가 핵심적 역할을 하려면 '전쟁 위기' 로부터 자유로워져야 합니다. 윤 대통령은 "북한이 핵공격을 하면 정권 종말" 이라고 엄포를 놓고 있습니다. 우리나라 대통령이 오히려 전쟁을 부추기는 꼴입니다.

일산은 휴전선에서 불과 30여 킬로미터 떨어진 곳입니다. 전쟁이 나면 가장 먼저, 가장 큰 피해가 발생할 수밖에 없습니다. 대한민국 대통령의 가장 중요한 책무는 전쟁이 터지고 나서 반격을 하는 게 아니라 전쟁이 일어나지 않도록 철저하게 관리하는 것입니다.

실제로 전쟁을 막기 위해서는 대결을 대화로 전환한 경험이 있는 정치인이 나서야 합니다. 김대중, 노무현, 문재인 정부 시기에는 대결이 아니라 대화와 협력의 남북 관계가 진행되었습니다. 저는 노무현 대통령과 함께 평양을 다녀왔습니다. 문재인 정부의 탄생에 역할을 하면서 평창올림픽의 기적을 옆에서 지켜보았습니다.

대결의 정치가 아니라 협력의 정치로 한국 정치의 고질병을 해소하고, 능동적으로 대처하며, 일산의 숙명을 바꿀 수 있는 정치인이 필요합니다. 일산의 변화와 도전을 누가 가장 잘할 수 있는지 살펴 주십시오. '사람 사는 세상'을 말한 노무현 대통령님과 '사람이 먼저'인 문재인 대통령으로부터 배우고 익힌 정치를, 일산의 변화를 위해 쓰겠습니다. '시민정치'를 아는 사람, 현장에서 배우고 익힌 사람, 대한민국을 누비고 다닐 사람, 상식이 통하는 사람 사는 세상을 위해 앞장 설 장철영입니다.

광화문 2017년 3월

회사 사무실로 전화가 빗발쳤습니다. 삼풍백화점 붕괴는 옥상의 냉난방 설비인 쿨링타워가 내려앉으면서 발생했기 때문입니다. 제가 다니던 회사가 시공한 것은 아니지만 시공 여부와 그 설비의 특성에 관해서 문의하는 전화가 많았지요. 두 개의 비극적인 참사가 저의 삶을 또한 번 결정적으로 바꾸는 계기가 되었습니다.

5장

못다한
이야기 1

구사일생

1995년 4월 28일. 지금도 생생하게 기억하는 날 중의 하나입니다. 제 나이 스물다섯에 말로만 듣던 지옥의 한 장면을 보게 될 줄은 몰랐지요. 대구 지하철 본부가 있던 상인동에서 엄청난 폭발사고가 일어난 날이었습니다. 그때 저는 병역 의무를 마치고 입대 전에 근무했던 회사에서 일하고 있었습니다. 냉난방시스템을 자동 제어하는 기계 설비를 설치하고 관리하는 회사였지요. 대구지하철공사에서도 입찰을 땄던 터라 지하철 건설본부에서 파견 근무 중이었습니다. 대구 지하철의 모든 제어시스템이 집중되는 곳, 폭발 사고가 일어났던 바로 그곳이지요.

제가 계속 살아갈 운명이었는지 그날따라 출근길이 좀 꼬였습니다. 보통 7시에는 집을 나서서 출근하는데 그날은 카풀로 같이 출근하는 동료가 늑장을 부리는 바람에 30분이나 늦었지요. 그것도 특별한 일이 있어서 그런 게 아니라 PC 게임을 하느라 그렇게 된 겁니다. 기다리던 저는 화를 벌컥 냈지요.

그 친구 때문에 지각을 하겠다는 생각에 과속으로 차를 몰았습니다만, 이미 출근시간대여서 차가 밀리기 시작했습니다. 늦어도 7시 50분쯤에는 공사 현장에 도착했어야 하는데 어쩔 수 없었지요. 그런데 바로 그 시간에 폭발이 일어났던 겁니다. 평소대로 출근했다면 지하철 복개공사로 덮어둔 그 장소의 철판 위를 지나야 했거든요.

뒤늦게 도착한 공사 현장 앞에서 저는 그대로 얼어붙었습니다. 버스로 등교하던 학생들, 횡단보도에서 신호를 기다리던 출근길의 시민들이 참사를 당한 뒤였습니다. 현장에는 경찰과 소방관이 막 출동해서 수습을 시작하고 있었습니다. 출입을 금지하는 줄이 쳐졌고 앰뷸런스들이 줄지어 도착하고 있었지요. 출근길이라 일대는 아수라장이었습니다.

저는 회사 작업복 차림과 현장 공사장 출입증이 있어서 현장에 들어갈 수 있었습니다. 지하는 정말 끔찍하더군요. 복공판 아래에서 일찍 작업을 시작했던 인부들은 대부분 살아남지 못했습니다. 300킬로그램이 넘는 복공 철판에 깔린 택시는 반으로 접혔고 바닥에는 피가 흥건했지요. 폭발로 시신 일부가 여기저기 흩어져 있었습니다.

엄청난 충격이었습니다. 이 직업을 계속할 수 없겠다는 절망감이 전신을 감쌌지요. 한동안 지하철본부 중앙관제실 건물 지하에 들어선 현장사무실로 도저히 들어갈 수 없을 정도였습니다. 나중에야 그런 증상이 외상후 스트레스 장애인 PTSD, 트라우마라고 불리는 증상이란 걸 알았습니다.

그런데 그로부터 불과 두 달 뒤인 1995년 6월 29일, 또 끔찍한 광경을 보게 되었지요. 바로 삼풍백화점이 붕괴 사고였습니다. 물론 제가 백화점이 무너져 내린 서초동 현장에 있었던 건 아닙니다. 그러나 중계되고 있는 TV 화면에서 도저히 눈을 뗄 수가 없더군요. 여전히 밤잠을 못 이루던 상인동 폭발사고의 충격이 그대로 되살아났습니다.

회사 사무실로 전화가 빗발쳤습니다. 삼풍백화점 붕괴는 옥상의 냉난방 설비인 쿨링타워가 내려앉으면서 발생했기 때문입니다. 제가 다니던 회사가 시공한 것은 아니지만 시공 여부와 그 설비의 특성에 관해서 문의하는 전화가 많았지요.

두 개의 비극적인 참사가 저의 삶을 또 한 번 결정적으로 바꾸는 계기가 되었습니다. 삶과 죽음이 한 순간에 나뉘는 걸 보면서 저의 삶도 크게 뒤흔들린 것이지요. 엄청난 재난이 피해자들뿐만 아니라 그 주변에 있던 많은 사람들의 삶에도 크게 영향을 미친다는 걸 저는 충분히 이해했습니다. 저부터 일상의 삶이 송두리째 흔들렸던 것이지요.

한동안 아무것도 할 수가 없었습니다. 평범한 직장인으로 살아가는 게 의미가 없더군요. 이런 재난에서 저는 뭐라도 해야 한다는 강박에 시달렸습니다. 몸은 출퇴근을 하고 있었지만 마음은 다잡을 수가 없어서 몇 달을 방황했습니다. 그러고는 다시 카메라를 들어야 한다는 결론을 내렸습니다.

시간이 지나면 그냥 잊히고 마는 순간을 어떻게든 기록으로 남겨야겠다는, 재난이 발생한 시간과 공간을 담아서 보관해야겠다는 의무감 같은 감정에 사로잡혔지요. 상인동 폭발사고 현장에는 기자들도 들어올 수 없었습니다. 언제 어느 순간이든 내가 현장에 있게 된다면 내가 보고 겪은 일을 남겨둬야 한다는 의무감을 느꼈지요. 마치 한겨울에 얼음물을 뒤집어쓴 것처럼 당시의 심정이 그랬습니다.

고등학교를 졸업하고 5년이 지나서 저는 다시 입시 공부를 시작했습니다. 회사에서는 만류했지만 사표를 내고 짐을 쌌지요. 제 나이 24살 가을에 접어들 무렵이었습니다.

작심하고 '사진'을 공부하다

10월이 되었고 저는 입시를 준비했습니다. 입시제도가 '수능(수학능력시험)'으로 바뀌었더군요. 중고서점에 가서 고등학교 교과서와 참고서 등을 한보따리 샀습니다. 조금 규모가 있는 학원을 운영하던 분한테 부탁해서 학원에 딸린 공부방에 들어갔고, 거기서 기거하면서 학원 강의는 공짜로 들을 수 있었습니다.

지금 돌아보면, 좀 억지스럽긴 합니다만, 노무현 대통령이 아파트 공사장에서 일하다가 다시 고시 공부를 시작하던 때와 사정이 비슷해 보입니다. 나중에 〈변호인〉이라는 영화를 보면서 정말 제 모습과 오버랩되더군요. 그때는 이미 고인이 되신 뒤였는데 그 장면을 보면서 얼마나 눈물이 나던지……

시험일까지 겨우 두 달여가 남았을 때 저의 목표는 아주 단순했습니다. 사진학과를 졸업하고 나서 사진 기자가 되고 싶었지요. 고등학교 2학년 때 대학 다니는 학교 선배가 보여준 5·18의 참상, 상인동 참사, 삼풍백화점 참사 등의 영향이 아주 컸습니다. 사건의 현장에서 벌어진 일을 공적인 기록으로 남기고 싶은 열망이 저를 보도기자로 이끈 것이지요. 그러려면 지금까지 감각과 기능에 의존했던 카메라를 더 깊이 파고들 필요가 있었습니다. 학문으로서의 사진, 지금까지 몸으로 체득한 사진에 관한 모든 것을 학문적 체계로 정리해놓고 싶다는 욕심이 정말 컸습니다. 현장 경험과 느낌, 즉 감각에 의존하는 것만으로는 세상의 깊이를 한 장의 사진에 다 담을 수가 없겠다고 생각했지요.

다행히도 2개월여 공부한 것 치고는 그런대로 수능 성적이 괜찮은 편이었습니다. 당시에도 사진학과가 있는 학교는 드물어서 한 손에 다 꼽을 정도였습니다. 일찍 진학한 고등학교 사진반 선후배와 동기들을 통해서 각 대학의 사진학과 정보는 모두 알고 있었지요.

수능이라 복수지원이 가능해서 일단 4년제 대학교 한 군데와 2년제 전문대학 3곳에 원서를 넣고 모두 합격통지서를 받았습니다. 저는 별로 고심하지 않고 경북실업전문대학 사진학과를 선택했습니다. 당시에 4년제 대학교와 2년제 전문대를 구분하는 건 제게 별 의미가 없었지요. 사진에 대한 제 열정을 충족시키는 곳이 더 중요했으니까요.

그리고 당시 경북실업전문대학 사진과의 장비와 시설이 워낙 압도적이었습니다. 입학원서를 제출하고 군이 사진과를 찾아가 처음 스튜디오를 둘러보고 저는 벌어지는 입을 다물지 못했지요. 완벽했습니다. 자동차가 거뜬히 들어올 수 있을 정도의 넓은 스튜디오, 제가 알고 있는 거의 모든 조명이 갖춰져 있었는데 레이저 조명까지 있는 학교 스튜디오는 처음 보았습니다. 현미경 카메라 장치에다 흑백은 물론이고 컬러로 출력할 수 있는 인화 전용 프린트에다 밤샘 작업도 가능한 암실 등이 그랬습니다. 그 모든 공간과 시설을 내가 쓸 수 있다는 상상만으로도 전율이 일었으니까요.

더욱이 여기는 2년제 전문대학이라 재학생이 4년제 대학의 절반이었습니다. 같은 공간을 사용하는 학생이 적었으므로 제가 시설을 활용할 수 있는 여지가 더 많았습니다. 또 다른 친구들보다 늦어진 나이를 생각하더라도 저의 선택은 나름 합리적이었지요. 물론, 그때는 전문대 졸업장이 사회 생활을 오래 할수록 발목을 잡을 줄 몰랐습니다. 경력이 쌓여 승진이나 이직을 할 때도 보이지 않는 족쇄로 작용하리라고는 꿈에도 생각하지 못했습니다.

그렇게 시작한 늦깎이 공부는 의욕만으로 헤쳐 나갈 수 없었어요. 2년 내내 전액 장학금을 타기 위해 부단한 노력을 했습니다. 사진을 전공하는 데는 소소하게 드는 비용이 한두 푼이 아니거든요. 필름 등 재료비와 장비를 최소한으로 업그레이드 하는 비용도 만만치 않지요. 출사(出寫)라고 해서 멀리 야외로 촬영가는 일도 많아서 그 경비도 꽤 들었습니다. 또 사진과에서 제가 가장 나이 많은 사람 중 한 명인데다가, 전액 장학금을 받는 사진학과 1등이라 후배들에게 밥과 술을 사는 것도 제 부담이었지요. 술을 좋아하는 제가 그런 자리에 빠질 이유도 없어서 늘 빠듯하게 생활할 수밖에 없었습니다.

정말 쪼들릴 때는 잠시 휴학하거나 아니면 야간에 건설회사 자재

창고에서 지게차를 모는 것도 생각했지요. 그러나 그렇게 옆길로 새면 다시 학교로 돌아오기 힘들지도 몰라서 단념했습니다. 대신 카메라를 들고 할 수 있는 아르바이트는 다했습니다. 판촉물에 들어가는 제품 광고 사진, 주말 결혼식 촬영을 셀 수 없을 정도로 다녔습니다. 대한항공이 대구공항에서 첫 해외 취항하는 기념식도 제가 촬영한 기억이 있을 정도이니까요.

무엇이든 맡은 일은 그저 할 수 있는 최대한으로 열심히, 제대로 하는 게 타고난 기질이라고 다들 말합니다만, 아무튼 저는 열심히 제대로 해야 할 일을 했습니다. 학교와 작업실에서 밥 먹듯 밤샘을 했는데, 그것도 모자라 가뜩이나 좁은 집에 작업실까지 만들었지요. 주말에 아르바이트라도 뛰고 나면 그렇게 지나간 시간이 아까워서 또 작업실에 틀어박히곤 했습니다.

소원대로 보도사진 기자가
되긴 했는데

2학년 2학기가 시작되자 저는 본격적으로 언론사 취업을 준비했습니다. 보도사진 기자는 공채로 선발하기도 하지만 알음알음 추천과 소개로 면접을 보는 경우도 많다고 들었거든요. 당시에는 카메라를 전문적으로 다루는 사람도 적었고 IMF가 곧 들이닥치기 직전이라 채용 시장도 좁았습니다. 학과 선배와 교수님들께도 저의 소망을 말씀드렸고 기회가 되면 추천해달라고 부탁도 드렸습니다.

그러던 중 한 언론사가 사진 기자를 채용한다는 공고가 났더군요. 사진기자가 되고 싶다는 저의 소망을 알고 있던 선배들은 지원하는 게 좋다며 권유했습니다. 일단 서울에 자리를 잡고 일하면서 다른 언론사를 찾아보는 게 좋다는 것이었습니다. 합리적인 조언이어서 저는 입사원서를 제출했고 면접도 다녀왔습니다. 졸업도 하기 전이라 큰 기대는 없었는데 덜컥 합격 소식을 받았지요. 그런데 사람 마음이 참 그렇더군요. 막상 합격이 되니 마음이 좀 급해졌습니다. 뭔가 큰일의 시작이라는 느낌, 그래서 시작은 미약하나 나중은 창대할 것만 같은 흥분에 젖어들었습니다. 마침 친형도 서울에서 직장생활을 하고 있어서 당장 먹고 자는 걱정도 없었지요.

학교 다니면서 멀리 촬영 나갈 때 몰고 다니던 중고 티코에 여행 가방을 실었습니다. 주머니에는 단돈 5만 원이 있었고요. 형님이 신혼 살림을 차린 북가좌동에 주민등록을 옮기고 서울 생활을 시작했습니다. 그때가 1997년이었습니다. 외환위기라는 먹구름이 막 우리나라를 덮치기 직전이었지요.

의정부에서 취재 2002년 8월

지금도 꿈같은 사람

첫 직장은 구로동이었습니다. 북가좌동에서 출근하기는 좀 멀어서 곧 회사 근처에 거처를 마련했지요. 그리고 그 즈음에 저는 특별한 인연을 만나게 됩니다. 아, 이것도 지나서 생각해보니 '운명'이었습니다. 그녀가 저의 청혼을 받아줄 줄은 정말 몰랐으니까요.

서울 생활에 적응하느라 한 달째 진땀을 흘리던 무렵, 제가 아직 북가좌동의 형님 신혼집에서 밥을 먹고 있던 때였습니다. 퇴근길에 마침 시간 여유가 있어서 같이 귀가하려고 형님을 태우러 갔습니다. 그런데 형님 주위에 일행이 있더군요. 온갖 잡동사니로 엉망인 티코에 네 사람이 탔습니다. 뒷자리에 탄 두 사람은 자매라고 하더군요.

전혀 예상 못한 일이어서 저도 모르게 얼굴이 붉어졌는데, 그런 와중에도 백미러에 비친 여성분이 눈에 확 들어왔지요. 동생이었습니다. 알고 보니 딸 셋 아들 하나인 집안의 둘째 딸이었지요. 제 나이 28살 때였는데 어쩌면 그냥 스쳐 갈 수도 있는 첫 대면이었습니다.

그녀는 꽤 알려진 철강회사의 해외영업 외환경리 파트에서 일하는 직장인이었습니다. 옷깃만 마주쳐도 인연이라지만 스쳐 지나듯 만나는 일이야 일상다반사이지요. 그런데 어찌된 영문인지 그녀와 저는 종종 마주쳤습니다. 그렇게 또 자주 마주치다보니 그녀의 여동 생과도 안면을 트게 되었고 덩달아 그 여동생의 남자 친구를 알게 되었죠.

세상 사람들 수만큼이나 인연의 종류도 참 다양하리라 생각은 했 지만, 이렇게 만남의 순서가 뒤바뀐 경우를 저는 들어보지 못했습니 다. 보통은 상대와 사귀면서 차츰 형제들과도 얼굴을 익히는 게 정 상(?)이니까요. 참 알 수 없는 사람의 인연이더군요.

아무튼 사태가 그렇게 돌아가는 바람에, 저도 시간이 좀 지나자 조 금씩 다른 감정이 속에서 자라더군요. 그녀를 볼 때마다 좋은 감정 이 '뿜뿜' 하는 걸 감추기 힘들었습니다. 형님이 계시지만 그래도 나 름 힘든 객지 생활이라 결혼 생각이 없지는 않았습니다. 하지만 그 녀가 어떻게 생각하는지 몰랐지요. 또 당장 결혼할 경제적 준비도 전혀 안 된 상태여서 말은 못하고 속에 담아두고만 있었습니다.

그러던 어느 날이었습니다. 그녀의 여동생, 그러니까 셋째 딸의 남 자친구(현재는 동서)가 저를 불러내더니 엄청난(?) 정보를 하나 던지는 게 아닙니까? 말인즉슨, 둘째인 그녀가 저에 대해 아주 좋은 감정을 가지고 있다는 거였습니다. 그 말을 듣는 순간, 제 심장이 쿵쾅쿵쾅 전쟁터의 북처럼 울리기 시작했지요.

나중에야 알게 되었습니다만, 사실 그 친구의 스파이 행각(?)은 일종의 기만 전술이었습니다. 그 친구와 그녀의 여동생이 결혼을 서두르고 싶은데 둘째 언니를 그냥 두고 혼사를 치르는 게 아주 마음에 걸렸던 것이지요. 그러던 차에 언니에게서 내 얘기를 우연히 듣자마자 작전을 펼친 것이었습니다.

경위야 어쨌든, 생각지도 못했던 상황이어서 이제는 제가 끙끙댈 차례였지요. 며칠을 고심하다가 결단을 내렸습니다. 냉가슴 앓듯 시간을 보낼 게 아니라 제 방식대로 이 문제를 풀겠다, 생각했지요. 역시나 '밀당' 하면서 간을 보는 건 제 스타일도 아니고 그럴 자신도 없었으니까요. 일단 그녀를 만나서 저를 어떻게 생각하는지 딱 부러지는 답을 듣고 싶었던 겁니다.

무슨 답이냐고요? 결혼할 거면 계속 만나고 아닐 거면 딱, 포기하는 것이지요. 최악의 경우 제 감정을 그녀한테 한 번 털어놓는 것만으로도 충분하다 싶었습니다. 알콩달콩, 오밀조밀하게 스토리를 만들면서 애정을 쌓아나가는 방식은 생각해본 적이 없었거든요. 결혼 적령기인 남녀 관계는 그게 당연하지 않나요?

공식적으로 처음 단 둘이서 만나기로 한 날, 박봉을 털어 장미 99송이를 샀습니다. 왜 100송이가 아니냐고 그녀가 묻는다면, '그 한 송이는 당신' 이라고 말할 준비도 했습니다. '아재 개그' 지만 그때 제 마음은 진짜 그랬습니다. 그만큼 제 마음을 그녀에게 전하고 싶었습니다.

지금 생각하면 손가락이 오그라드는 느낌이지만 당시에는 정말 진지하고 심각했답니다. '경상도 싸나이' 방식이라고 스스로 용기를 북돋웠지만 99송이 장미를 들고 그녀를 만나러 가는데 손바닥에 진땀은 질척거릴 정도로 배어나왔지요. 제 몸 하나도 감당하지 못하던 티코 뒷자리에 장미꽃 한 다발을 천으로 덮은 다음 크게 한숨 들이켜고 그녀를 데리러 갔습니다. 불길한 징조처럼 비가 추적추적 내리고 있었지요. 너무 서두르는 바람에 그녀의 집 근처에 도착했을 때는 약속 시간이 한참 남았습니다. 마땅히 갈 데도 없어서 시동을 끄고 차 안에서 그녀를 기다렸지요.

저만치 그녀 모습이 보이기 시작했고 차의 시동을 걸었습니다. 그런데 이게 뭔 일입니까요? 그 새 배터리가 방전되었는지 차가 꼼짝을 못하는 겁니다. 곰같이 큰 덩치의 '경상도 싸나이' 얼굴이 홍당무가 되고 말았지요. 멋지게 차려입은 아내는 빗속에 우두커니 서 있지요, 기다려도 보험회사 긴급 정비 차량은 안 오지요, 시간은 쏜살같이 흘러가지요, 안 그래도 잔뜩 긴장하고 있던 내 속은 터지기 직전이고…….

보험사 출동서비스를 통해 겨우 시동을 걸어 출발하니 날이 벌써 어두워지고 있었습니다. 와이셔츠가 축축하게 젖었고요. 경기도 장흥으로 차를 몰면서 어두워지는 창밖처럼 제 마음에도 어둠이 내리는 것 같았습니다. 그저 액땜이려니, 스스로 달래봐도 그건 머릿속 생각일 뿐 마음은 이미 안 될 거라는 예감으로 기울고 있었지요.

그런데 그날 저의 불운은 그 정도에서 그치지 않았습니다. 카페촌에 도착하니 이미 날은 어두웠는데 예약해둔 식당을 못 찾는 겁니다. 전날 답사까지 가서 확인했는데 밤이 되니 어디가 어딘지 모르겠더군요. 아, 정말 '미치고 환장하겠다'는 말이 절로 튀어나올 정도였지요. 그래도 침착한 척하느라 얼마나 용을 썼는지 모릅니다.

카페도 못 찾아 결국 근처 조용한 식당엘 들어가 그녀와 마주 앉았을 때 저는 진이 다 빠진 듯했습니다. 처음부터 일이 꼬였으니 저는 반쯤 포기한 심정이 되어 주섬주섬 제 살아온 이야기를 꺼냈습니다. 일종의 긴 자기소개서를 읊은 것이지요. 생각하면 이것도 참 낯이 뜨겁습니다. 만나가면서 조금씩 자신을 알리는 게 자연스러운데, 면접을 보는 것도 아니고 말입니다.

아무튼 그날 상황이 그래서 꽤 마음이 다급해진 저 혼자 단독 공연을 한 셈인데요. 제가 놀란 것은 그녀의 반응이었습니다. 그녀가 조금도 싫은 내색 없이 다 들어주었거든요. 내친김에 '제가 지방에서 올라온 자취생이라 아내가 해주는 아침밥을 먹고 싶다'는 말까지 해버렸습니다. 어차피 인연이 안 되더라도 미련은 남기지 말아야겠다는 심정으로요.

세상에 이런 '꼰대'가 있겠나 싶었는데 그래도 그녀는 살짝 웃기만 했습니다. 그래서 용기를 팍팍 냈던 걸까요? 고기를 구우면서 저는 태어난 이후로 가장 많이 말을 했는데 나중에는 대체 무슨 얘기를 하고 있는지 저도 모를 정도였지요.

밥은 배부르게 먹었지만 돌아오는 길은 좀 허전했습니다. 이제 영영 헤어질 테니 그랬지요. 그녀의 집이 저만치 보이는 골목 앞에 도착했을 때 저는 마지막 남은 카드를 내밀었습니다. 뒷자리에 있던 장미 100송이, 아니 99송이를 내민 것이지요. 그러자 갑자기 그녀가 난감한 표정으로 변하는 게 아니겠습니까?

저로서는 그날이 하도 운수가 사나운 날이어서 짐작은 했습니다만, 막상 그녀의 표정을 보니 제 마음도 무거워질 수밖에 없었습니다. 그래도 준비한 멘트는 날려야 했습니다.

"이게 99송이에요. 당신이 오면 100송이가 됩니다. 나는 그렇게 되기를 간절히 바랍니다. 그러니 이 꽃다발을 받으면 함께 가는 거고, 안 받으면 오늘 일은 각자 가슴 속에 품고 없던 일로 하는 겁니다. 결정하십시오."

어떻게 보면 억지를 부리는 것처럼 보입니다. 하지만 제 나름으로는 계산이 없지 않았습니다. 제 욕심입니다만 저는 그녀가 결혼에 대해 깊이 생각할 시간을 주고 싶지 않았습니다. 약점 투성이인 자신을 누구보다 제가 가장 잘 알고 있기 때문입니다. 펑펑 튀는 사투리를 어쩔 수 없는 경상도 출신의 투박한 사내, 집은 당연히 없고 돈도 별로 없는 남자, 집안이나 학벌의 뒷 배경도 없는 청년, 그래서 믿을 거라곤 몸뚱이 하나밖에 없는 사람······.

그녀가 선뜻 꽃다발을 받아들지 않는 그 짧은 동안, 사진이 아니라 현실에서 시간이 그렇게 멈춘 듯한 경험은 처음이었습니다. 실낱같은 기대마저 점점 사그라지고 있을 때 그녀가 꽃다발을 받아들더군요. 그 순간 100송이 꽃다발이 완성되었지요.

저의 조마조마한 연애는 이렇게 끝났습니다. 그녀가 어떻게 생각하든 저는 상황 끝! 그녀의 마음을 확인했으니 이제는 당당하게, 또 전격적으로 밀어붙이는 일만 남았으니까요. 또 그런 추진력이라면 세상에서 둘째가라면 서러울 저, 장철영 아니겠습니까?

그런 뒤로 일은 일사천리, 냄비 속에서 튀겨지는 팝콘처럼 순식간에 진행되었습니다. 3개월 뒤에 제가 재촉해서 처가 어른들께 인사드리고는 곧장 대구 부모님을 상경시켜 며느리 감을 보여드렸지요. 그런 다음 숨 돌릴 틈 없이 양가 어른 만남을 주선해서 결혼 날짜를 잡았지요. 그러고는 프러포즈와 더불어 만난 지 6개월 만인 2000년 3월 1일에 결혼식을 올렸습니다.

결혼 날짜가 3.1절 기념일이 된 데는 저만의 깊은 뜻(?)이 있어서입니다. 좀 어렵더라도 젊은 부부가 독립하겠다는 의지의 표현입니다. 이날 조선의 모든 사람이 만세를 부른 날이니 우리 부부의 삶도 만세를 부르듯 살자는 뜻이었지요. 그러나 이건 제 주장일 뿐, 그녀도 처음에는 무척 반대했습니다. 왜 하필 3월 1일이냐고 하도 캐물어서 변명거리도 다 떨어질 판이었지요. 하다하다 나중에는 이렇게 한마디하고는 도망치기도 했지요.

"3.1절이면, 평생 결혼기념일을 잊어먹을 일이야 없지 않겠어?"

가장의 책무

신혼 살림은 북가좌동의 연립주택 한 칸에 얻었습니다. 그러고는 한 달여 만에 다니던 회사를 그만두었지요. 언론사인 회사의 경영 방침과 제가 바랐던 언론사의 모습이 날이 갈수록 차이가 컸습니다. 오래 쌓여오던 갈등이 결혼할 시점에는 화해가 불가능할 정도였습니다.

3년이나 열심히 일했으니 며칠 집에서 쉬는 동안, 부산에서 지금까지 한 번도 경험하지 못한 바람이 불기 시작했습니다. 16대 총선에서 부산 북강서 선거구에 출마했다가 낙선한 노무현이라는 정치인이 일으킨 바람이었지요.

당시 노무현에 대한 저의 한 줄 평도 다른 사람들과 크게 다르지 않았습니다.

'바보 같은 정치인, 그런데 멋있다.'

이 시기에 저와 '노짱님'의 처지가 참 비슷한 면이 없지 않습니다. 우선, 둘 다 직장을 잃었지요. 그는 낙선했고 저는 사표를 던졌으니까요. 다음으로, 그는 낙선 뒤에 더 큰 정치적 자산을 쌓았고 저는 평생의 자랑이 될 아들 녀석이 떡하니 아내 몸에서 자라기 시작했습니다. 억지 생각입니다만, 운명이라는 게 뭐 대체로 그렇게 당사자들에게 예감을 줘가면서 이루어지는 게 아니겠습니까? 저와 '노짱님' 은 그렇게 연결되기 시작했다고, 지금도 저는 주장하고 있습니다.

또 제가 '노짱님' 의 이슈 중에서 가장 주의 깊게 보았던 대목은 노동자에 대한 그의 관심이었습니다. 국회의원이 되기 전에도 파업 현장을 찾고 노조와 대화하는 그의 모습이 무척 인상 깊었습니다. 제가 고등학교를 졸업하고 뒤늦게 다시 공부를 시작하기까지 노동자로 생활했기 때문에 더욱 그랬지요.

당시 알려지기 시작하던 '진보' 라는 개념을 가장 쉽게 설명하는 사람이 바로 '노짱님' 이었다고 저는 생각합니다. 공부 많이 한 교수님들이나 철학자들이 쓴 칼럼이나 강연은 그냥 맹물처럼 들렸지요. 그런데 '노짱님' 의 소식을 전하는 뉴스는 그 자체가 그대로 '진보' 의 강의 자료였습니다.

기존 정치 문법과는 완전히 다른 정치적 처신, 기득권을 과감하게 내던지고 도전을 선택하는 모습, 노동자에 대해 아주 호의적인 태도 등이 그랬습니다. 그의 말마따나 '모난 돌이 정 맞는 일' 을 두려워하지 않는 용기가 더욱 그랬습니다.

아무튼 '노짱' 의 스토리에 더 눈과 귀를 기울이고 싶었지만 제 처지가 그리 좋지 않았습니다. 저는 이미 한 가정의 생활을 책임져야 하는 가장이었습니다. 결혼한 뒤에 첫 아이를 가진 아내는 회사를 그만두었지요. 곧 태어날 아이와 아내를 생각하면 어떻게든 최소한의 안정적인 수입이 절실했습니다.

어느 중견기업에 입사해서 전산실에 잠시 근무했는데 3개월 만에 문래동에 있던 본사가 수원으로 가는 바람에 어쩔 수 없이 그만두었습니다. 그러고는 다른 일자리를 알아보았지요. 점점 배가 불러오는 아내가 눈에 밟혀 한시도 집에 있기는 힘들었습니다. 남들보다 더 잘 먹고 잘 살지는 못하더라도 남들한테 손 벌리게 하지는 않겠다는 약속, 먹고사는 문제만큼은 책임지겠다는 약속은 지켜야지요.

그런데 아무리 사정이 다급해도 한 번쯤 생각을 되짚어보는 게 또한, 저의 좋은(?) 습관입니다. 그저 먹고사는 문제가 급하다고 무작정 돈만 되는 일에 뛰어들 수는 없지요. 그래서 현재의 형편과 앞으로의 가능성을 염두에 두고 대차대조표를 만들어 보았습니다.

카메라로 먹고살 생각도 했지요. 큰 스튜디오에 프리랜서로 등록해서 결혼식이나 행사장 돌면서 촬영하는 일 말입니다. 당장 돈을 벌려면 그게 손쉬운 방법인데 그래서는 그 다음이 보이지 않더군요. 무엇보다 3년째 서울에 살면서도 제가 여전히 '서울' 과 '서울 사람' 을 잘 모른다는 생각이 들었습니다. 늘 회사와 취재 현장만 돌아서 그런 거 같았습니다. 그래서 저는 조금 다른 일을 찾아보았습니다. '현장' 으로, 사람들이 팔팔하게 살아 숨 쉬는 그런 곳이 어디 없을까?

자동차를 파는 다양한 방법

대우자판(대우자동차판매)이라는 회사를 기억하실지 모르겠습니다. 원래는 대우자동차의 계열사였는데 일찍 계열사에서 분리되면서 다른 기업과 합병하는 등의 복잡한 과정을 거친 회사였습니다. 그러나 자동차를 판매하는 본업은 그대로 유지하고 있었지요. 저는 서류전형과 면접을 거쳐 정직원으로 대우자판에 입사했습니다. 회사 명칭에서 알 수 있듯 내근하는 사무직이 아니라 영업직을 선택한 것이지요.

'서울과 서울사람'을 알기 위해 선택한 것이 영업이었습니다. 상품, 계약서, 신용, 인간관계, 그리고 최종적으로 돈이 사람과 사람 사이를 넘나드는 직종이지요. 제가 움직이는 모든 곳이 현장이었습니다. 가게에서 진열된 상품을 파는 게 아니라 일면식도 없는 사람을 만나 신뢰를 만들고 계약을 하고 애프터서비스를 제공하는 것이지요. 활동적인 제 기질과도 통해서 재미있게 일했습니다.

입사 첫날에 차를 바꾸겠다는 지인한테 마티즈를 팔았고, 다음 주에는 택시 기사한테 준중형차 한 대를 팔았습니다. 그렇게 신입치고는 적지 않은 실적을 올리면서 고객을 확보했는데 뭐랄까, 일을 한 만큼 보상이 주어지는 체계가 아니라는 걸 알게 되었습니다. 정식 직원은 기본급이 있어서 판매 수당이 일반 딜러의 1/5에 불과했던 것이지요. 회사 규정이 그렇게 정해져 있어서 조건을 변경할 수 없었습니다.

고심 끝에, 아예 자동차 전문 딜러의 길을 걷기로 결심했습니다. 기왕 이 일을 하기로 했으니 나름 이 업계에서 인정을 받을 수 있는 방법이었지요. 마침 르노삼성에서 스카우트 제의가 들어왔고 저는 이직을 결심했습니다.

새로 옮긴 직장은 막상 가보니 보이지 않는 벽이 많았습니다. 딜러로서는 아직 어린 나이였고 스카우트 되었다는 사실이 알려지자 기존 딜러들의 견제가 시작된 것이지요. 뭐 그런다고 해서 기가 죽을 저는 아닙니다만, 번거로운 건 사실이지요. 다행인 점은 그곳에서는 르노삼성의 자동차뿐만 아니라 다른 제조업체의 자동차도 능력껏 딜러 활동을 할 수 있었습니다.

그래서 저는 세일즈 포인트를 바꿨습니다. 차를 중심에 놓고 고객을 설정하는 게 아니라 고객을 중심에 두고 차량을 배치하는 것이지요. 그리고 대리

점에 오는 고객만 상대하는 건 그냥 판매원이지 딜러가 아니라고 생각해서 매일 새로운 동선으로 가게와 사무실을 찾아 나섰습니다. 그런 다음 구매자 조건에 맞는 차량은 가리지 않고 다 팔았습니다. 르노삼성의 제품보다 다른 회사의 차량이 더 마진이 좋았지요. 거기에다 구매한 고객의 기존 차량을 중고차 시장에 넘기면 따로 수수료를 받을 수 있었습니다.

그런데 저의 딜러 영업 방식은 다른 사람들도 금방 따라할 수 있는 것이었지요. 제가 실적을 좀 올리기 시작하자 저를 견제하던 다른 분들도 이내 영업 방식을 바꾸었습니다. 대부분의 딜러들이 가게와 사무실을 방문해서 명함을 남기고, 깍듯하게 인사하고 좋은 인상을 주려고 노력했습니다. 저는 또 한 번 차별화를 고민하지 않을 수 없었습니다.

장박사가 되다

차별화의 첫 시도로 저는 손해보험사정인 자격증을 따기 위해 공부를 시작했습니다. 판매하는 모든 차는 보험을 의무적으로 들어야 하는데 처음 차를 구입하면 보험료 부담이 상당했습니다. 다른 딜러들도 보험을 팔긴 했는데 정작 보험 계약은 보험회사 직원에게 넘기고 수수료를 받는 방식이었습니다. 구매자 입장에서는 한 단계를 더 거쳐야 해서 번거롭게 느끼는 경우가 많았지요.

그런데 딜러가 자격증이 있으면 직접 보험 계약을 체결할 수 있으므로 구매자 입장에서는 훨씬 편할 뿐만 아니라 보험사와 나누는 수수료까지 전부 가질 수 있었습니다. 다른 딜러들은 귀찮아서 그랬는지 두 가지를 다 취급하는 경우가 드물었지요.

게다가 저는 손해사정인 자격이 있으니 자동차보험뿐만 아니라 운전자보험도 취급할 수 있었습니다. 또 고객과 신뢰가 쌓이면서부터 사업장이나 가게에 필요한 화재보험도 눈에 보이더군요. 그래서 차 한 대를 팔면 보험 서너 개를 같이 엮어서 파는 경우도 많았지요. 일석사조(一石四鳥)가 어렵지 않았습니다.

신촌과 서대문이 주된 영업 지역이었지만 구매자 정보만 확인되면 인천, 경기도는 물론 전국 어디든 가리지 않고 뛰어다녔습니다. 출근하면 간단하게 티타임을 마친 뒤 모든 자동차 제조회사의 차량 정보를 먼저 수집했습니다. 삼성, 대우, 현대, 기아, 쌍용 등 차량 판매 정보가 정리되면 판매 우선순위를 결정하고 지금까지 축적해둔 고객 정보를 검토하면서 영업 계획을 짰지요. 그러면 하루 동안 방문해야 할 장소와 동선이 확정됩니다. 그런 다음 명함과 판촉물을 챙겨서 일을 시작하는 것이지요.

저는 다른 딜러들이 갖추지 못한 장점이 두 가지 더 있었습니다. 첫째는 제가 중장비 운전자격증을 가지고 있었다는 겁니다. 중장비 운전자격증은 고등학교 졸업 전에 만약을 대비해서(?) 준비해둔 것입니다. 주로 지게차를 운전하면서 아르바이트도 했었으니까요. 그런데 그 자격증을 따려면 차량의 엔진이나 구조, 성능 등 기본적인 상식 필기시험에 합격해야 했습니다. 첫차를 구매하는 고객에게는 알려주면 좋을 유용한 정보이지요.

게다가 손해보험사정인 자격증이 있으니 사고 발생 시 대처 요령 등의 정보를 제공하는 것도 손쉬운 일이었습니다. 또 3년간 기자생활을 통해 축적한 다양한 정보가 있어서 고객과 대화할 수 있는 범위가 아주 넓었습니다.

두 번째 장점은 역시 카메라였습니다. 차를 구입하는 분들에게 차량이 인도되는 그 자리에서 폴라로이드 카메라로 즉석 사진을 촬영했지요. 당사자뿐만 아니라 가족과 구경나온 이웃들까지 촬영해서 사진을 나누어 드렸습니다. 당시만 해도 IMF 외환위기를 이제 막 넘긴 때여서 차량을 구입하는 건 서민에게는 집안의 큰 행사였으니까요.

그렇게 1년쯤 열심히 자동차 딜러로 일하자 가정도 안정이 되었고, 생계의 급박함에서도 많이 벗어날 수 있었습니다. 무엇보다 운이 좋았던 시절이라고 추억합니다. '서울과 서울 사람들'이 알고 싶어서 시작했던 일이 저에게 참 많은 걸 가르쳐 주었지요. 상대방을 인정하는 방법을 배운 게 가장 큰 성과였습니다. 실적이 쌓이면서 저는, 승용차 한 대를 파는 것은 딜러인 저와 구매자인 상대방이 신뢰를 같이 쌓아올린 다음에야 가능하다는 것을 알게 되었지요.

영업을 하다 보면 자신도 모르게 고객과의 관계가 흔들리는 경우가 자주 있습니다. 딜러인 제가 갑의 위치에 서거나, 차를 팔기 위해 위험을 감수하는 을이 되는 경우도 자주 있습니다. 이런 관계가 되면 일종의 권력이 작동합니다. 딜러는 당장 더 많은 이익을 얻기 위해 정보를 과장하거나 약점을 숨기기 쉽습니다. 구매자는 어떻게든 가격을 낮추기 위해 무리한 요구를 하는 것이지요. 그 결과는 대부분 좋지 않습니다. 배상을 요구하거나 험한 말이 오가기 예사지요.

갑과 을의 관계가 아니라 수평적인 관계를 형성하는 데는 꽤 많은 노력이 필요합니다. 시간도 많이 들고 당연히 비용(금전적인 것만 아니라 기회비용도 포함됩니다)도 올라갑니다. 신뢰를 쌓는 데는 상대를 인정하는 것 말고 다른 방법은 없더군요. 상대의 입장에서 일을 바라보는, 역지사지(易地思之)의 고전적인 방식이 최고였습니다. 그래야 차를 판매한 이후에도 인간적인 관계가 유지되는 것이지요. 한 번 보고 말 사람이라는 평가가 내려지면 거래는 파탄나기 마련입니다.

　이런 경험이 쌓이면서 저는 조금씩 나은 사람으로 성장했습니다. 다른 사람의 말에 정성껏 귀를 기울일 줄도 알았고, 공격적인 말을 쏟아내는 분들도 실제 마음은 그렇지 않은 경우가 많다는 것도 알게 되었지요. 귀에 들리는 말보다 그렇게 말할 수밖에 없는 상대의 마음을 짐작하려 애썼습니다. '경상도 싸나이' 에서 '마음도 넓은 곰돌이' 로 조금씩 바뀌어갔지요.

　앞에서 말씀드렸지만, 아내와 결혼을 서두를 때의 저는 참 일방적인 사람이었지요. 99송이 장미를 내밀고 선택을 요구하는, 상대의 처지를 제대로 고려하지 않는 '터프' 한 촌놈에 불과했습니다. 다행하게도 천사 같은 아내가 상대였으니 구제받을(?) 수 있었지, 다른 사람이었으면 어림도 없는 행동이었지요.

　그렇게 많은 사람들의 '삶의 현장' 을 누비며 1년을 보낸 뒤, 제 가슴 속에는 또 다른 열망이 꿈틀거렸습니다. 이번에도 제 자신이 문제였습니다. 다시 '내 길' , 생계 때문에 잠시 접어두었던, 입시 공부를 시작했을 때 속에 품었던 '보도사진 기사' 의 꿈이 소용돌이치기 시작한 것이지요.

아이고, 들통이 나버렸습니다

우먼타임스에서 합격했다는 연락이 왔을 때, 제가 가장 눈치를 봐야했던 사람은 아내였습니다. 결혼하고 첫 아이를 가진 지 6개월 뒤에 아내는 회사를 관두었지요. 그동안 철강 회사에 근무하며 쌓았던 경력과 해외영업 파트를 담당했던 전문성은 그냥 묻어둘 수밖에 없었습니다. 앞으로는 육아와 집안일을 전담하는 전업주부의 길을 걸어야 했습니다. 첫째를 낳고 2년 뒤에 둘째까지 얻었으니 전업주부로 눌러앉을 수밖에 없게 된 겁니다.

예정된 미래가 앞에 놓여 있는데 곧 아이들까지 건사해야 할 집안의 가장이 직장을 옮긴다? 상의 한 번 없이 자기 마음대로? 그것도 자동차 딜러의 수입과는 비교할 수 없는 박봉의 언론사로? 어떻게 세상을 자기 마음 내키는 대로 살까? 그렇게 나한테 아이들 맡기고 집안 살림 시키려고 결혼을 서둘렀나? 정말 뜨거운 맛을 봐야 정신을 차릴까?

딜러 일을 하면서 익힌 역지사지의 이치로 아내의 심사를 짐작해 보니, 도저히 보도사진 기자로 새 출발을 하겠다는 말을 꺼낼 수가 없었습니다. 스스로 던진 질문 중에 어느 하나도 제대로 대답할 자신이 없었지요. 사실은 면접을 볼 때까지도 별로 합격할 자신이 없었습니다. 나이도 서른을 넘긴데다 현장을 떠난 지 제법 되었으니까요. 그래서 굳이 아내한테 얘기를 안 했는데, 막상 가보니 우먼타임스라는 언론사가 마음에 쏙 들었던 겁니다. 여기서 새로 시작하고 싶다는 생각이 들불처럼 불붙어서 두 눈을 또랑또랑 굴리면서 최선을 다해 면접을 본 것이지요. 그래서 합격한 게 무슨 큰 죄를 저지른 것처럼 되고 말았습니다.

출근할 날은 다가오는데 똥을 참는 곰탱이처럼 끙끙대는 저를 며칠째 눈여겨보던 아내가 저를 툭 건드렸지요. 속 시원하게 말을 해보라며 편지봉투 하나를 내밀었습니다. 놀라서 펴보니 회사에서 보낸 퇴직금 정산내역이더군요. 마지막 딜러 수당과 봉급명세서가 참 예쁘게도 출력되어 있었습니다. 아내는 이미 알고 있었던 거였지요.

그제야 저는 더듬더듬 사실을 털어놓았습니다. 아내의 불룩하게 부푼 배가 자꾸 눈앞을 가려서 횡설수설, 중구난방이었지요. 눈을 마주치지 못하고 방바닥만 내려다보던 저에게 아내는 한마디를 툭, 던지더군요.

"남자가 한 번 결정을 했으면 끝까지 밀어붙여야지, 왜 그러고 있어요? 당신이 원하던 일이잖아요."

순간 저는 귀를 의심했습니다. 세상에, 이게 무슨 일이람? 내가 지금 헛것을 보는 건가? 저는 고개를 번쩍 들고 아내를 바라보았지요.

"저는 당신이 차 팔러 다니는 게 영 마음에 걸렸어요. 젊었을 때 하고 싶은 일을 해야지, 돈은 나중에 또 벌면 되잖아요. 당신이 처자 식 굶길 사람도 아니고……."

아, 그 순간 아내가 마치 산신령처럼 보였습니다. 도끼자루를 연못에 빠뜨리고 어쩔 줄 몰라하는 나무꾼 앞에 떡하니 나타난 산신령 말입니다. 가슴이 하도 뜨거워져서 저는 아내를 와락, 끌어안고 뺨이며 이마며 우리 아이가 자라고 있는 아내의 배에다 뽀뽀를 퍼부었지요. 그렇게 해서 저는 비로소 당당하게 우먼타임스 사회부 기자로 첫 출근을 하게 되었습니다.

지금 돌아보면 그런 아내에게 참 고맙고 정말 미안하기도 합니다. 당시 큰 아이의 돌이 지났을 때 아내는 다녔던 회사에서 다시 입사 요청을 받고 한동안 몹시 갈등했습니다. 용산에 처가가 있었지만 아이들을 장모님 손에 맡기는 것도 어쩌다 하루 이틀이지 다 키워달라고 할 수는 없는 노릇이었습니다. 연로하신 어른들을 결혼 뒤에도 괴롭히는 일이어서 저도 아내도 처음부터 생각하지 않았습니다.

그런 다음에 계산은 눈 감고 해도 뻔했지요. 다른 사람에게 아이를 위탁했을 때의 양육비와 부대비용을 감안하면 아내의 봉급으로 몇 푼이나 남기겠습니까? 그럴 바에야 어쨌거나 부모의 손으로 키우는 게 나았지요. 복지제도 같은 복잡한 방정식이 아니라 지극히 간단한 산수만으로도 금방 답이 나오는 얘깁니다. 그때나 지금이나 별로 나아진 것도 없는 생활 방식이기도 하구요.

"돈은 어떻게든 내가 벌어올게. 그러니 당신은 아이들 건강하게 잘 키우고 알뜰하게 살림하면 그게 우리 가정을 위해서는 더 좋은 선택 아닐까? 나를 믿어줘. 지금 당신이 고생하는 건 내가 평생을 두고 갚을게. 앞으로 더 좋은 일만 있을 거야."

제 너스레에 아내도 수긍할 수밖에 없었지요. 현실이 손바닥 손금 보듯 뻔했으니 그랬습니다. 저도 말은 그렇게 했지만, 그리고 아내도 그럴 수밖에 없는 현실을 받아들였지만 참 면목 없는 일이었습니다.

아내라고 해서 바라는 일이 왜 없었겠습니까. 비록 재취업하는 그 회사의 봉급은 적었어도 경력을 잘 쌓아서 더 큰 일을 할 수도 있지요. 기회가 되면 조그만 자기 회사를 경영할 수도 있고 말이지요. 아내가 전업주부로 남겠다는 결심은 바로 그런 미래를 접었기 때문에 가능했지요. 저는 그게 참 마음 아팠습니다.

어쨌거나 아내는 자신을 더 성장시킬 수 있는 가능성을, 꼭 사회적 성공이 아니더라도 사회적 존재로 인정받을 수도 있는 기회를 포기했습니다. 그렇게 결정한 이유가 저 때문이라고, 저와 결혼해서 아이를 낳았기 때문이라고 생각하니 한동안 얼굴을 마주하기가 힘들더군요. 하도 미안해서 그때부터 근 10년 동안 시장 보는 일은 전적으로 제가 도맡았습니다. 쓰레기 버리고 분리수거하고 장 보는 일을 빼놓지 않았지요. 호강은 못 시키더라도 힘든 일까지 맡길 수는 없었습니다. 그렇게라도 해야 아내한테 조금이라도 마음의 빚을 갚을 수 있다고 생각했습니다.

우먼타임스

 당시 우먼타임스는 주간지로 막 시작하는 언론사였습니다. 회사명에서도 보이듯 주 독자층을 여성으로 정했고 직원 구성도 상대적으로 여성이 많은 편이어서 남성 중심의 경직된 조직 문화와는 거리가 있었습니다. 그런 영향으로 시스템이 비교적 유연했고, 꽉 짜인 틀이 아니어서 취재와 기사에도 자율성이 많았지요.

제가 입사했을 당시에는 호주제 폐지가 주요 이슈였습니다. 여성 주간지인 우먼타임스로서는 존재감을 인정받을 수 있는 기회였습니다. 언론사 전체가 아주 의욕적으로 움직이던 시기여서 저도 활동에 제약을 거의 받지 않았지요. 기획 아이디어만 좋으면 데스크에서 거의 100% OK가 떨어졌습니다.

여성운동을 응원하는 한 남성으로서, 또 주류 언론의 보도사진 기자로서 저는 여성운동이 여성의 힘만으로 소기의 목적을 달성하기는 쉽지 않다고 생각했습니다. 면접 자리에서도 여성운동을 확장하기 위해서는 우호적인 남성을 많이 끌어들여야 한다고 제 소신을 말했습니다. 남성의 시각으로 여성의 문제를 접근한다면 여성의 시각으로만 보던 지금까지의 관점과는 색다르게 풀어갈 수 있을 것이라고 설득했습니다.

실제로 저는 우먼타임스에서 기자 생활을 하는 동안 이런 입장을 일관되게 견지했다고 자신합니다. 그래서 호주제 폐지 운동에 동참하면서 가족을 위해 미래의 가능성을 포기한 아내에게 더욱 미안했지요. 보육비가 상상을 초월했고 국가에서는 아무런 지원이 없었던 문제에 저도 눈을 뜨게 되었습니다.

본격적인 기자 생활을 시작하면서 가장 먼저 공을 들인 건 다른 언론사의 사진 기자들과 관계를 맺는 일이었습니다. 사진 기자들은 보통의 펜 기자들과 달리 동료의식이 아주 강한 전통이 있었지요. 모든 기자가 현장을 중요시 하지만 기사 작성은 주로 회사나 출입처에 복귀해서 이루어집니다. 그런 데 비해 사진 기자는 한시도 현장을 떠나서는 안 되는, 이를테면 숙명 같은 게 있었지요.

중요 사건이 터지면 하루 종일, 아니 이틀이고 사흘이고, 때로는 기약 없이 현장에서 '버티기'를 하는 수밖에 없었습니다. 교대도 쉽지 않고 전적으로 혼자서 감당해야 하지요. 누구든 사나흘쯤 지나면 너나없이 노숙자 행색이 되어 버텨야 했습니다. 그러니 현장에서 살고 죽어야 하는 사진기자, 특히 저처럼 갓 입사한 초짜 처지에서는 그들과의 관계를 돈독하게 하는 게 가장 중요했지요. 일종의 의무였습니다.

마침 중앙일보의 선임 사진 기자가 제 고향 선배이고 예전부터 알고 지낸 사이여서 많은 도움을 받았습니다. 그 선배의 소개로 많은 사진 기자들과 안면을 트고 선후배와 동료 관계를 맺으면서 끈끈하게 지냈습니다.

또 제가 우먼타임스에 입사했을 때는 IMF 시기를 지나면서 많은 언론사들이 신규 채용을 중단했던 터라 메이저 언론사들도 3, 4년 동안 신입 사진 기자가 없었습니다. 그랬으니 제가 사진 기자들의 막내 역할을 하게 되었지요. 덩치에 어울리지 않게 귀여움을 많이 받았습니다. 그때 맺은 인연이 지금까지도 면면히 이어져 오는 것도 저에게는 큰 행운입니다.

서울 플라자 호텔에서 2002년 6월

카메라에 관련한 몽상은 끝없이 이어지곤 했습니다. 현실에서는 안 되지만 이 필름 안에서는 세상을 멈출 수 있다, 그러므로 나는 사물과 공간과 시간을 한꺼번에 장악할 수 있다, 기억과 역사까지도 카메라에 담기만 하면 되는 세상이 곧 오리라…….

6장

못다한 이야기 2
'뮤비' 와 '뮤슬'

아버지와 짜장면

 저는 대구 출신의 아버지와 전북 군산 출신의 어머니 사이에서 형과 누나를 둔 2남 1녀의 막내로 태어났습니다. 대구 신암동이 제 출생지입니다.

아버지는 운동을 잘하셨습니다. 특히 태권도가 특기여서 공군 태권도 교관으로 근무할 정도였습니다. 광주에서 근무할 때 생활력 강한 어머니를 만나서 결혼하셨고 대구에서 가정을 꾸리셨지요.

아버지는 근면, 성실의 대명사 같은 분이었습니다. 대구 시민운동장 앞 청과물 시장에서 도매상 매장을 2개 운영하셨습니다. 또 시장 전체에 공급되는 포장용 종이 박스를 만드는 일도 하셨지요. 지금은 위세가 아주 약해졌지만 당시에 그 청과물 시장은 대구는 물론이고 경북에서도 규모가 컸습니다. 제가 어렸을 때는 경북에서 생산되는 거의 모든 과일이 일단 이곳에 모였다가 전국으로 퍼져나갔다고 하더군요. 그래서 어린 시절에 저의 집은 아주 부자는 아니어도 먹고 사는 일은 걱정하지 않았다고 합니다.

그 시절 우리 집 과일가게 앞에 중국음식점이 있었습니다. 가끔 가족들이 외식하러 갔었는데 그렇게 맛있을 수가 없었지요. 기억에 남을 아주 '강렬한 맛' 이었습니다. '맛의 대부분은 기억이다' 라는 말도 있습니다만, 저는 어릴 때 그 집에서 먹었던 짜장면보다 맛있는짜장면을 다시는 먹어보지 못했습니다.

그때 중국집은 집안에 경사스러운 일이 있을 때라야 갈 수 있는 고급 레스토랑쯤 되지요. 졸업식이나 입학식이라도 해야 짜장면에 탕수육, 군만두 등을 주문할 수 있었습니다. 어린 저는 짜장면을 언제나 먹을 수 있는 방법을 고심했던 모양입니다. 우리 가게에 갈 때마다 아버지한테 그랬다더군요.

"아부지, 우리도 중국집 하면 안 되예?"

뭐, 꼭 제가 우겨서 그랬던 건 아닌데 아버지는 얼마 뒤 정말로 중국집을 개업했습니다. 신암동 초가집에서 할머니를 모시고 살던 부모님은 동대구역 근처에 2층 양옥집을 짓고 1층에 중국음식점을 개업하셨지요. 청과물 시장의 과일가게는 고모와 할머니가 장사를 이어갔습니다.

아버지가 '신장개업' 한 중국집은 공전의 히트작이었지요. 셋째 외삼촌이 요리사여서 아버지와 같이 주방에서 일하셨는데 대박이 났습니다. 동대구역 일대의 중국집을 평정하다시피 했습니다. 가게는 늘 손님들로 복작거렸고 한창일 때는 마대자루에 하루 매상을 담아 가져오기도 하셨지요.

당시 동대구역 근처에 봉제와 의류 가공공장이 많았는데 매일 저녁 200~300그릇이 기본이었다더군요. 또 근처에 택시회사들이 몰려 있어서 기사분들이 점심은 거의 우리 집에서 짜장면으로 해결했답니다. 짜장면 한 그릇에 300~400원 할 때였는데 창고에는 밀가루 포대가 천장까지 빼곡하게 쌓여 있던 게 기억납니다. 아버지 덕에 초등학교 6년 동안 점심은 거의 매일 짜장면을 먹었습니다. 초등학교 친구들도 점심시간이면 일부러 저를 찾는 척 가게 문을 열곤 했지요.

지금도 짜장면이라면 제가 사족을 못 씁니다만, 아마도 옛 기억에 끌려서 더욱 그런 것 같습니다. 어쩌다 혼자서 점심으로 짜장면을 먹을라치면 아버지 얼굴과 큰 의문이 같이 떠오릅니다. 아버지는 그 바쁜 과일도매상을 하시면서 언제 또 중국요리를 손에 익혔는지 모르겠습니다. 지금까지도 풀리지 않는 의문입니다.

아버지는 그렇게 장사가 잘되던 중국집을 같이 창업했던 외삼촌에게 물려주고 부동산 중개업과 벽지를 주로 취급하는 지업사를 함께 운영했습니다. 그때 우리 집 짜장면 값이 450원이었습니다. 그때 너무 서운한 나머지 가게 문을 나서면서 메뉴판에 적힌 값을 기억해두었으니 정확합니다.

어머니와 홍어

군산에서 8남매의 둘째딸이었던 어머니는 음식 솜씨 좋고 생활력 강한 분이었습니다. 아버지와 결혼하고 낯설고 물선 타향, 대구에서 시어머니 모시고 시집살이를 하셨습니다. 시어머니가 작은 장사를 하셨는데 어머니도 그 일을 돕느라 몹시 고생을 하셨답니다.

저를 포함해서 2남 1녀를 두셨는데 아이들 낳고 몸조리는 고사하고 미역국도 제대로 먹지 못했다고 하더군요. 할머니가 좋은 분이었다고는 하지만 모두가 가난했던 시절이었으니 그랬을 테지요. 자식들이 자라서 학교를 다니고 제 앞가림은 어느 정도 할 때쯤부터 미용기술을 배워 미용실을 운영하셨습니다. 아버지의 중국음식점이 잘 돼 집안 형편이 좋아졌지만 자식들이 장성한 뒤에도 일을 놓지 않으셨지요. 우리 모두의 어머니처럼 성실하고 평생 알뜰했습니다.

저는 어릴 때 외갓집 어른들이 참 좋았습니다. 아버지가 중국음식점을 하실 때 외삼촌이 오셔서 일을 도왔으니 시가와 처가가 문턱 없이 지냈던 셈이지요. 저도 활발한 성격에 덩치도 컸던 외삼촌들을 많이 따랐습니다. 방학이면 군산이나 광주의 외가와 외삼촌댁에 자주 갔던 기억이 납니다. 그런데 외할머니는 막내 외손자인 저를 자주 구박하셨던(?) 것 같습니다. 아마도 어머니가 시집살이 고생하는 걸 귀동냥으로 알고 계셔서 그러지 않았나 짐작합니다. 그래서 외가에 갈 때마다 외삼촌들은 참 좋았는데 외할머니는 좀 무서워했던 기억이 있습니다.

예를 들면, 제가 외가에 다니러 간다고 기별을 하면 외할머니는 안방에서 홍어를 삭히곤 하셨지요. 그러고는 하루 세 끼를 홍어찜과 무침으로 반찬을 냈습니다. 처음에는 어린 제가 감당이 안 되더군요. 그 고약한 냄새하며 코가 매워 눈물까지 찔끔거리며 먹곤 했습니다.

아니, 외할머니가 정말로 저를 괴롭히려고 그랬을 리는 없겠지요. 홍어가 아이들한테도 좋고, 대구에서는 먹기 힘든 음식이니 막내 외손자한테 정성껏 차려냈을 겁니다. 어쨌거나 외할머니 덕분에 저는 전라도가 고향인 분들 못지않게, 아니 더 즐겨먹는 음식이 홍어입니다.

제 기억에 형과 누나는 외갓집 걸음을 자주 하지 않았습니다. 어머니는 주로 저를 데리고 군산이나 광주로 가셨다가 며칠 뒤에 데리러 오곤 하셨지요. 제가 어렸을 때부터 '곰돌이'라는 별명처럼 먹성도 좋고 잠자리도 가리지 않고 붙임성이 좋아서 그랬나 봅니다.

우리 집에 천재가 나타났다

저는 위로 각각 두 살 터울인 형과 누나가 있습니다. 어렸을 때는 제가 제법 영특했던 모양입니다. 아버지가 넉넉하지 않은 형편에도 무리해서 저를 사립초등학교에 보낸 것만 보더라도 그렇습니다. 제가 다녔던 영신초등학교는 당시 대구에서 첫손가락에 꼽히는 사립학교였습니다. 등록금이 웬만한 대학교의 입학금과 비슷했다고 합니다. 수업료도 고등학교보다 많았고요. 아버지는 좋은 학교 보내면 제 할 일은 다 알아서 하리라 생각하셨답니다. 당신이 낳은 자식이지만, 아버지는 막내아들을 잘못 본 게 분명(?)합니다.

어쨌거나 어머니가 자주 하신 말씀으로는, 제가 다섯 살쯤부터 글을 읽었답니다. 제 기억으로도 그맘때쯤 책을 읽기 시작했던 것 같습니다. 딱히 '기역니은'을 따로 배우지도 않았는데 걸으면서 가게의 간판을 줄줄 읽었다고 합니다. 제가 마지막으로 아이큐 검사를 했던 게 고등학교 3학년 때였는데, 143이 나왔습니다. 아무도 믿지 않았습니다. 특히 담임선생님이 이상한 눈빛으로 저를 한참이나 바라보던 것도 기억합니다. 하긴, 저도 그 결과를 받아들고 몹시 당황했으니까요.

아무튼 제가 글을 읽으면서 집에서는 난리가 났습니다. '우리집에 천재가 나타났다!' 그래서였을까요? 초등학교 3~4학년 때였는데 어느 날 아버지가 컬러 텔레비전을 사왔습니다. 동네에서도 몇 집 없었던 그 물건을, 장사하느라 눈코 뜰 새 없었던 두 분은 보실 짬도 없었는데 그랬습니다. 아들놈이 대견하니 그 귀한 물건으로 보상하고 싶었던 건 아니었을까, 싶었습니다.

그런데 경위야 어떻게 됐든 간에 세상의 모든 색깔을 다 풀어내는 그 물건은 저에게 적지 않는 영향을 끼쳤습니다. 이 책을 쓰면서 이때를 돌아보니 더욱 그렇습니다. 세상을 흑과 백, 밝음과 어두움으로만 구분하던 어린 시절이었으니까요.

브라운관의 테두리는 카메라 렌즈를 통해서 보는 세상과 별반 다르지 않았지요. 툭하면 틀어주던 서부극이나 고전이라 할 수 있는 영화들이 그랬습니다. 내용에 대한 이해는 짧을 수밖에 없었는데 화면에 재생된 영상의 위력은 어린 저를 별세계로 안내하곤 했습니다. 중학생이 되고서 처음 카메라를 집어들었을 때 그리 낯설지 않았고 곧 익숙해졌던 게 아마도 이런 시기를 겪었기 때문이라 생각됩니다.

초등학생 시절은 한마디로 참 자유분방했다고 말할 수 있습니다. 사립이어서 꽤 자율적인 분위기였습니다. 자유롭게 공부하고 과외 활동(영어, 악기, 컴퓨터 등)도 열심이었지요. 저는 덩치에 어울리게(?)

첼로를 선택했지요. 1주일에 한 번씩 원어민 교사가 와서 영어로 수업했고, 당시로서는 드물었던 8비트 컴퓨터를 50대나 기증받은 덕분에 컴퓨터를 일찍 접할 수 있었습니다.

6학년이 되면서 갑자기 다른 운동을 하고 싶었습니다. 오래 태권도를 해왔는데 그만 싫증이 난 것이지요. 다른 계기라면, 또래들보다 덩치가 좀 크고 힘이 있었던 저를 우연히 알게 된 중학교 유도부의 제의가 있기는 했습니다. 그래서 수업을 마치면 그 중학교 체육관에 가서 선배들과 같이 운동했는데 유도가 아주 재미있었습니다. 태권도도 몸과 몸이 맞부딪치는 격투기입니다만 몸이 밀착하는 정도나 완력으로 상대방을 밀고 당기며 무너뜨리는 묘미는 없었으니까요. 특히 큰 동작인 엎어치기로 상대를 매트에 꽂을 때의 쾌감은 비교하기 어려웠지요.

그러나 유도는 좋았는데 그 수련 과정에서 그만 질겁하는 일이 자주 있었습니다. 하루가 멀다 하고 단체 얼차려를 주는 걸 보고는 그만 정나미가 떨어졌지요. 저는 아직 초등학생이라 열외였지만 중학생 형들은 엉덩이를 두들겨맞기도 했습니다. 무슨 길거리 깡패들 같아서 도저히 더 다닐 수가 없더군요. 이런 식으로 운동을 하고 싶지는 않았습니다. 대신 집 근처에 있던 동대구유도관을 찾아갔습니다. 당시 대구에서는 두류산공원 쪽에 있던 중앙유도관과 쌍벽이었던 곳이었지요. 그러고는 잠시 제 유도 인생의 절정기(?)가 열렸습니다.

다른 사람들은 잘 모르겠습니다만, 어릴 때 익힌 운동은 제 인생에서 상당히 오랫동안 좋은 영향을 미칩니다. 일단 기초 체력이 길러져서 힘든 일에도 자신감이 있었지요. 매사에 할 수 있다는 의욕도 많았습니다. 남들이 보기에 좀 무모하다 싶은 일에도 겁 없이 도전하는 태도도 그렇게 길러졌던 것 같았지요. 돌아보면 이때가 자유롭고 활발한 기질, 색감에 눈을 뜨고 체력을 기른 시기였습니다.

유도와 카메라

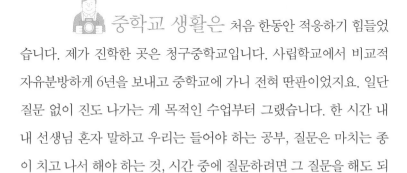 중학교 생활은 처음 한동안 적응하기 힘들었습니다. 제가 진학한 곳은 청구중학교입니다. 사립학교에서 비교적 자유분방하게 6년을 보내고 중학교에 가니 전혀 딴판이었지요. 일단 질문 없이 진도 나가는 게 목적인 수업부터 그랬습니다. 한 시간 내내 선생님 혼자 말하고 우리는 들어야 하는 공부, 질문은 마치는 종이 치고 나서 해야 하는 것, 시간 중에 질문하려면 그 질문을 해도 되는지 아닌지를 더 고민해야 하는 분위기가 미칠 것 같았습니다.

질문은 모르는 사람이 알고 있는 사람한테 하는 거 아닌가요? 그럼 질문 자체가 서툴 수밖에 없다고 저는 생각합니다. 또 중학생이 '질문하는 법'을 어떻게 알겠습니까? 모르는 걸 묻다 보면 자기가 뭘 모르는지도 모르는 경우도 많지요. 그러니 질문하는 건데, 그게 수업시간에 용납이 안 되더군요. 그럼 모르는 사람이 질문을 포기하게 되고 하나를 모르면 다음의 두 개로 넘어갈 수가 없지요.

아, 그리고 중학교 공부는 외워야 할 게 너무 많았습니다. 제가 공부를 못한 핑계를 만들려고 이렇게 주절주절 이야기를 늘어놓는 게 아니라, 정말 외울 게 너무 많았습니다. 왜 외워야 하는지 좀 친절하게 설명이라도 해주었으면 좋았으련만…….

게다가 저는 좀 이르게 사춘기를 겪기도 해서 더욱 그랬습니다. '중2병'이라고, 요즘에만 유행하는 게 아니라 제가 그 나이 때도 '돌림병'처럼 만연했지요. 만날 짜증이 폭발할 정도였습니다. 마침 중학교에 입학하자마자 교복과 두발 자율화가 시행된 분위기 탓도 있었지요. 그때 저는 이렇게 생각했습니다. '공부는 각자 특성에 맞게 언제든지 할 수 있는 거 아닌가?'

그렇습니다. '공부는 자신이 하고 싶을 때, 언제든 할 수 있는 거다, 공부보다 할 수 있는 게 얼마나 많은 세상인데!'라는 생각은 금세 신념이 되었습니다. 이런 신념이 확고하게 자리 잡은 저는, 학교 울타리 너머의 세상에 더 많은 관심을 기울였지요.

첫째, 운동이었습니다. 앞에서도 잠깐 얘기했지만 저는 동대구유도관의 개근생이었지요. 그 도장 관장은 1984년 LA올림픽에서 금메달을 딴 안병근 선수 등 국가대표를 여럿 배출한, 대구를 대표하는 유도 관장님이었습니다. 동호인보다 선수 출신이 많아서 제가 초보자였어도 꽤 강도 높고 체계적으로 유도를 가르쳤습니다. 수련생이 많고 각급 학교 선수들도 많아서 도장 내 대회를 개최해도 그 규모가 웬만한 일반대회 이상이었지요.

제가 중학교 2학년 때 도장 내 대회에서 준우승을 한 적이 있습니다. 그때는 몸무게에 따라 체급별로 대련하는 것이 아니라 초등, 중

등, 고등, 일반부로 나눠서 열린 대회였는데 중3 선배와 붙어서 지는 바람에 준우승을 한 것이지요. 아무튼 그러면서 저는 더욱 유도에 빠져들었습니다. 고등학교 2학년 때까지 유도는 계속했지요. 일반부를 상대로 코치 역할을 했을 정도니까 도장에서도 인정하는 실력파 중 하나였습니다. 체육중학교와 체육고등학교에서 스카우트 제의를 받기도 했으니까요.

둘째, 저의 인생 행로를 결정지은 카메라입니다. 3학년일 때, 친구가 일안(一眼) 렌즈의 리플렉스 카메라를 들고 와서 자랑을 하더군요. 보통 수동카메라라고 부르는데 눈으로 보는 그대로 똑같은 이미지를 찍을 수 있는 카메라였습니다. 신기하고, 부럽더군요. 당시에는 카메라가 귀했고 그만큼 비쌌습니다.

그런데 얼마 뒤에 110밀리 마이크로필름을 넣을 수 있는 일안 카메라 제품이 1만 원에 시장에 나왔습니다. 휴대할 수 있는 가장 작고 값싼 카메라였지요. 셔터 스피드와 조리개가 고정되어 있어서 그렇지 초보자들이 별다른 기술 없이 주변을 촬영하기에는 무난했습니다. 친구가 자랑하던 리플렉스 카메라 만큼은 아니어도 저의 부러움과 호기심을 충족하는 데는 그만이었지요.

당시에는 사진을 출력(인화)하는 데만 돈이 들었지 필름 현상은 공짜였습니다. 저는 현상만 하면 되었으니 필름 값만 들었지요. 중학생이어도 용돈을 좀 아끼면 크게 부담스럽지 않았습니다. 그때부터 저는 풍경을 카메라에 담는 게 아니라 제가 카메라 속으로 '기어들어가는' 꼴이 되었습니다. 본격적으로 사물을 찍기 시작했거든요. 제가 말재주가 없어서 그 '기어들어간다'는 감각을 설명하기 참 어려운데, 이런 겁니다. 카메라 셔터를 누를 때 자신도 모르게 렌즈에 잡힌 사물 속으로 들어가는 느낌, 저와 대상이 카메라 안으로 같이 들어오거나 혹은, 렌즈를 매개로 순식간에 연결되는 그런 느낌 말입니다. 써놓고 보니 좀 거창하고 알쏭달쏭합니다만, 아무튼 그렇게 저는 카메라 속으로 '기어들어가는' 매력에 푹 빠졌습니다.

또 그 즈음에 〈빽투더 퓨처〉라는 영화가 대히트를 쳤습니다. 시간을 거슬러 오르는 타임머신을 소재로 한 영화였는데 거기 소품으로 등장하는 카메라가 무슨 운명처럼 제 가슴에 쑥 들어왔습니다. 과거와 현재의 차이를 결정적으로 증명하는 대목이 있었거든요.

과거와 현재와 미래, 어떤 시간대에서든 카메라에 담긴 시간은 영원했습니다. 필름을 인화한 사진에는 시간이 멈추었지요. 그리고 나중에 꺼내 보면 우리는 순식간에 그 시간대로 거슬러 올라가는 게 타임머신의 원리와 다를 게 없어 보였습니다. 그러므로 카메라의 셔터를 누르는 것은 〈빽투더 퓨처〉의 다른 주인공이 되는 셈이었고 마법을 휘두르며 과거와 미래를 마음대로 오가는 마법사가 되는 것이었지요.

카메라에 관련한 몽상은 끝없이 이어지곤 했습니다. 현실에서는 안 되지만 이 필름 안에서는 세상을 멈출 수 있다, 그러므로 나는 사물과 공간과 시간을 한꺼번에 장악할 수 있다, 기억과 역사까지도 카메라에 담기만 하면 되는 세상이 곧 오리라! 그러면서 하라는 공부는, 언젠가 때가 되면 할 수 있으니 뒤로 물렀습니다. 세상에 정말 흥미롭고 신기하고 중요한 일이 얼마나 많은데 그까짓 외우기만 하는 공부라니!

이런 저를 부추기는 결정적인 사건이 또 발생했습니다. 그때 삼성에서 자동카메라가 출시된 것입니다. 그 이름도 장엄한(?) '삼성 미놀타 카메라'였지요. 당시 9만 9천 원이라는, 중학생으로서는 엄두를 낼 수 없는 거액이었습니다. 집의 컬러 텔레비전에서 그 광고를 보며 저는 침만 꼴깍꼴깍 삼켰습니다. 이놈의 컬러 텔레비전이 아니라 저놈의 카메라를 사야 했었다고 아버지를 원망하기도 했었지요. 그런 카메라를 공짜로 빌려주겠다는 아저씨가 저에게 유혹의(?) 손길을 뻗어왔던 것이었습니다.

옆집의 가장이기도 했던 아저씨는 제가 110밀리 필름을 쓰는 1만 원짜리 카메라를 들고 다니는 것을 오래 전부터 알고 있었습니다. 어느 날, 그 아저씨는 저에게 카메라를 한 대 내밀었습니다. 그토록 갖고 싶었던 9만 9천 원짜리, 컬러 텔레비전에서나 볼 수 있었던, 보기만 해도 입안에 침이 그득 고이는 그놈, 삼성 미놀타 카메라!

저는 감사하다는 인사를 100번도 넘게 하고 날름 카메라를 낚아챘지요. 그리고는 곧, 135밀리 필름의 위력을 깨닫게 되었습니다. 지금까지와는 전혀 새로운 세상으로 또 한 번 저를 납치하는 카메라의 위력을 말입니다. 아, 그건 1만 원짜리로는 감히 상상할 수 없는 경험이었지요. 세상을 새롭게 해석할 수 있다는, 마치 내게 전지전능한 무엇이 있을지도 모른다는 환희가 제 영혼을 사로잡았습니다. 그렇게 꿈같은 중학교 시절이 저물었습니다. 고등학교 진학해서는 아예 사진 동아리에 가입하면서 저의 인생을 결정하게 됩니다.

'뮤비'와 '뮤슬'

보통 자신이 졸업한 고등학교를 모교(母校)라 부릅니다. 어머니 같은 학교, 친모(親母)가 생물학적인 자신을 낳았다면 사회적인 인간으로 자신을 새롭게 낳은 곳이라는 뜻이겠지요. 그만큼 머리가 영그는 10대의 한창 시절에 모태(母胎)와 같은 역할을 하는 곳이기도 합니다.

그런 점에서 제가 진학했던 경상고등학교도 예외가 아니었습니다. '사진사 장철영'의 기반이 된 곳이니까요. 경상고등학교에는 놀랍게도 사진 동아리가 있었습니다. 그냥 애들끼리 모여서 카메라 들고 노는 곳이 아니라 엄연히 지도교사가 학생들을 지도하는 곳이었습니다. '아, 이건 운명이다' 저는 그렇게 느꼈고 당연히 신입회원이 되었습니다. 신입회원 환영회에 가면서 묘한 인연의 끈을 감지했을 정도였지요.

동아리에는 장래 희망을 사진작가로 살아가려는 열혈 선배도 많았습니다. 그런 '전문가 분위기'에 영향을 받아 동기생 7~8명이 똘똘 뭉쳤습니다. 출사(出寫)하러 멀리 나갈 때면 더욱 그랬습니다. 아무래도 학교 안은 갑갑했고 들로 산으로 나가는 게 그렇게 좋았지요. 우정은 그렇게 루틴한 일상이 아니라 일탈을 계기로 더욱 고양되는 법이니까요.

저는 카메라가 없었지만 단골로 필름을 샀던 사진점 사장님이 그곳에서만 필름을 사는 조건으로 카메라를 빌려주었습니다. 자주 필름을 현상하거나 가끔 사진을 인화할 때 사진 잘 찍는다고 칭찬을 많이 하셨던 고마운 사장님이었거든요. 사진관이었으니 카메라도 다양하게 있었는데 미놀타든 야마하든 있는 대로 빌려서 제 주변의 모든 걸 담았습니다.

당시 가을이 되면 대부분의 고등학교에는 다양한 이름으로 '종합전'을 열었습니다. 교내의 모든 동아리가 참여해서 그동안 갈고 닦은 예술혼을 전시하는 행사였지요. 문예반은 시, 미술반은 그림, 사진반은 사진을 출품하는 게 보통이었습니다.

1학년 때 한 동기가 '뮤직 슬라이드'라는 걸 만들어 처음으로 내놓았는데 이게 종합전에서 공전의 히트를 쳤습니다. 먼저 배경음악으로 깔 노래를 정하고 그 주제와 가사에 맞추어 필름을 슬라이드 환등기에 차례로 배열해서 스크린에 투사하는 방식이었습니다. 이를테면 지금 뮤직비디오의 사진판이라고 할 수 있습니다. 그 동기 녀석은 이문세의 〈사랑이 지나가면〉이라는 노래에 맞추어 슬라이드를 구성했지요.

2학년 종합전을 준비하면서 그 아이템을 제가 연출하게 되었습니다. 저는 당시 인기 그룹이던 동물원의 〈거리에서〉를 골랐습니다. 전체 시나리오를 잡고 각 장면의 콘티를 만들었지요. 콘셉트를 정하고, 장소를 헌팅하고, 남녀 고등학생을 모델로 섭외해서, 가사에 어울리는 장면을 연출하고, 이미지 작업을 했습니다.

이 작업이 뮤직비디오와 비슷하면서 참 달랐습니다. 물 흐르듯 자연스럽게 장면이 이어져야 한다는 점에서는 '뮤비' 든 '뮤슬' 이든 같았지요. 그러나 '뮤슬' 은 끊이지 않고 이어지는 '뮤비' 와 달리 정적인 이미지의 연속이어서 선곡에 따라 한 장면이 길게 노출되는 경우가 많습니다. 바로 이 길게 정지되는 화면을 어떻게 처리하느냐가 포인트였습니다. 자칫하면 '뮤슬' 전체가 무너지고, 반면에 이 이미지가 전체 '뮤슬' 의 존재감을 극대화할 수도 있는 것이지요.

'뮤슬' 에 대한 설명이 조금 길었는데, 제가 이 작업을 하면서도 그랬고 종합전이 끝나고서도 배우고 얻은 게 정말 많아서입니다. 머릿속에 구성한 전체 콘셉트와 그림을 구체적인 작업을 통해 드러내는 과정은, 제가 뒷날 대통령 선거에서 유세 현장을 총괄하는 것과 별 차이가 없었습니다. 아무리 준비해도 시간은 늘 촉박했고, 다른 사람들의 도움 없이는 불가능하며, 모든 책임은 감독인 제가 져야하는 것 등등이 그랬습니다. 다만, 규모나 비용은 엄청난 차이가 있었지만요.

아무튼 '뮤슬' 은 아주 흥분되는 작업이었습니다. 행사 기획과 연출이라는 저의 주특기가 이때부터 다듬어지기 시작했던 것 같습니다.

아이에서 어른이 된다는 것

카메라와 사진에 대한 열정으로 똘똘 뭉쳐진 저에게 생각지도 않던 변화가 연이어 찾아왔습니다. 하나는 학교에서 참교육 운동이 일어났던 것이고, 다른 하나는 집안 형편이 급격하게 기울었다는 것이지요.

저는 고등학교 내내 잘 나가는(?) 학생이었습니다. 새벽에 유도관에서 운동하고 사진을 좀 찍고 등교하는 게 매일의 시작이었습니다. 학생회 체육부장을 맡고 있어서 괴롭히는 친구도 없었지요. 어머니가 운영하는 미용실에서 퍼머 머리로 등교하기도 했습니다. 공부는 언젠가 때가 되면 얼마든지 할 수 있다는 '이상한 신념'을 지녔던 저로서는 아주 당연한 일상이었지요.

그런데 2학년 때인 1989년, 전교조의 시작이었던 평교사협의회가 꾸려졌습니다. 30여 명의 선생님들이 평교사협의회 소속으로 활동하면서 그동안 학생들은 몰랐던 학교 내부의 일들, 사립재단의 비리와 비교육적 행태가 알려졌지요. 카메라와 유도가 삶의 전부였던 시절에 불의(不義)와 비정상이 판을 치고 있다는 걸 이해할 수가 없었습니다.

선생님들의 설명을 들으면서 저는 비로소 세상에 조금씩 눈을 뜨기 시작했습니다. '뮤슬'을 만들며 골랐던 동물원의 〈거리에서〉라는 노래가 전혀 다르게 들리기 시작했습니다. 사랑하는 연인과 헤어진 슬픔이 주제인 노래 가락은 세상의 음울한 그림자를 배경으로 불의한 세상에 맞서는 사람들을 위한 응원가로 가슴에 다가오더군요. 1987년 민주화 투쟁에도 불구하고 군사독재 정권의 잔재가 여전히 이어지고 있다는 걸 알게 된 것이지요. 모든 게 검열을 거쳐야 했던 시대라는 것도 말입니다. 아, 그래서 이렇게 슬픈 노래가 사람들의 가슴을 흔드는구나……

평교사협의회를 응원하는 학생들의 움직임이 심상치 않자 학교는 조기 방학에 들어갔습니다. 전교조 선생님들을 응원하는 지지 데모까지 있었으니까요. 그래도 제가 있던 사진반은 거의 매일 모였지요. 그러던 어느 날 경북대 학생이던 1기 졸업생 선배가 찾아와서 꽁꽁 싸맸던 보따리 하나를 풀었습니다. 경북대학교 학생회 교실 안에서 참혹한 사진들이 테이블 위에 쌓였지요. 5·18 광주의 사진들과 영상이었습니다.

저는 입을 다물지 못했습니다. 처음에는 6·25 전쟁 사진인 줄 알았습니다. 불과 10년도 안 된 시간이 그 자리에 처참한 모습으로 놓여 있었습니다. 엄청난 충격이었습니다. 선배는 별다른 말도 없이 그저 사진 한 장 한 장을 차례대로 보여줄 뿐이었습니다. 5·18 직전까지도 광주의 외가에 다녀왔던 저로서는 더 끔찍했지요.

며칠 동안 운동도 카메라도 손에 잡히지 않았습니다. 이런 나라에 살고 있다는 게 믿기지 않았지요. 급격하게 무기력에 빠져들었습니다. 공부도 사진도 대학도 의미가 없어 보였습니다. 무엇을, 어떻게 할지 갈피를 잡을 수 없었습니다.

저는 대학에 진학한다면 사진과를 가기로 내심 작정하고 있었습니다. 스파르타식으로 후배들을 닦달했던 선배들의 열성이 크게 작용했습니다. 사진 관련 개론 서적은 이 시기에 대부분 섭렵했지요. 인화와 프린트도 직접 하면서 매달렸으니까요. 지금 돌아봐도 그 시기에 저는 이미 아마추어 사진작가 수준은 된 듯했습니다.

그래서 아버지께 사진학과로 진학하겠다며 카메라를 사달라고 했지요. 아버지 얼굴이 갑자기 굳어지면서 어두워지는 이유를 저는 그때까지도 몰랐습니다. 며칠을 고심하던 아버지는 카메라를 사주는 대신 대학에서 전공하는 것은 반대하셨습니다. 당신께서 알아보니 사진을 전공하면 돈이 많이 든다는 것이었습니다. 지금까지 한 번도 저에게 진로에 대해 말씀이 없었던 분이어서 오히려 제가 좀 놀랐습니다. 더구나 학비가 많이 든다니…….

고3이 되어서야 아버지의 걱정이 무엇이었는지 알게 되었습니다. 고3 때였는데 학교에서 돌아오니 집안이 어수선했습니다. 곳곳에 붉은 딱지가 붙어 있더군요. 그게 빚을 못 갚아서 살림을 차압하는 딱지라는 걸 처음 알았습니다.

친척의 사업에 빚 보증을 서준 아버지는 일하던 부동산 중개업과 지업사의 규모를 줄였습니다. 나중에는 결국 집을 내놓고 살던 그 집에 세를 얻었지요. 그런데도 어느 날, 저를 데리고 아버지는 카메라를 한 대 사주셨습니다. 신품 캐논 EOS 620였습니다. 웬만한 사진작가가 아니면 구입하지 않던 고급 카메라였습니다. 기쁘기보다 눈시울이 붉어졌습니다. 고마운 마음보다 죄송한 마음이 더 깊었지요.

집안이 몰락하고 있는데도 아버지는 저와의 약속을 지켰습니다. 그러니 이제는 제가 아버지의 부탁을 들어드려야 할 시점이었습니다. 아이에서 어른이 된다는 건, 자신의 소망을 한 겹 접을 줄 알아야 한다는 것을 그때 알았지요.

갈팡질팡하다가 내 이럴 줄 알았다

고3이 되면서 저는 특설반에 들어가게 되었습니다. 학교에서 1등급들이 모여서 특별지도를 받는 반입니다. 왜 특설반이냐고요? 제가 특설반에 들어간 건 순전히 제2외국어를 선택했기 때문입니다. 보통은 제2외국어 대신 다른 과목을 선택하는데 저는 불어를 고집했거든요.

특설반에 들어올 만큼 성적이 좋았던 친구들은 대부분 선택과목으로 제2외국어를 선택했고 성적이 좋지 않았던 친구들이 불어를 선택하는 경우는 드물어서 그랬습니다. 불어를 선택한 녀석은 저 말고도 몇 명이 더 있었는데 특설반에 더부살이처럼 끼어든 것이지요.

사진 전공을 반대하는 아버지의 당부가 아니더라도 저는 이미 대학 진학에 별 관심이 없었습니다. 세상이 이 모양인데 공부를 더 한다는 게 별 소용이 없을 거 같았지요. 선생님한테까지 그렇게 말할 수는 없어서 전문대 가겠다고 둘러댔습니다. 그렇게 결정하고 보니 죄송한 건 부모님이었습니다. 성적은 떨어졌어도 두 분은 그래도 저에게 기대를 버리지 않았으니까요. '저 놈은 어릴 때부터 똑똑했으니 마음만 먹으면 언제든지 잘할 수 있다'고 생각하셨나 봅니다.

고3 말기, 다들 수능에 전력하고 있을 때 저는 중장비 자격증 시험을 준비했습니다. 당장 졸업하고 돈을 벌어 생활하겠다기보다 언젠가 중장비 관련 사업을 해보고 싶은 생각이 있어서였습니다. 그러려면 사업자가 중장비 자격증이 있어야 한다는 얘기를 들었거든요. 그러니 지금 시간적 여유(?)가 있을 때 해두는 게 낫겠다 싶었지요. 사람 일은 혹시 모르니, 나중에라도 써먹을 수 있으면 좋겠다는 생각도 있었습니다.

지게차 운전자격증을 취득하고서 취업 실습 겸 아르바이트 겸 해서 꽤 알려진 중견 건설회사 자재관리과에 일하러 나갔습니다. 그때 지게차를 운전하던 어른들이 거의 무면허였는데도 한 달 200만 원 정도 월급을 가져간다는 걸 알았지요. 당시 9급 공무원 월급이 30~40만 원 정도였으니 대단했습니다.

제가 운전면허를 가진 걸 알고서는 현장 소장이 입사를 재촉했지만 거절했습니다. 당장 돈이 아쉽긴 하지만 그때는 돈벌이보다 많이 배워두는 게 우선이라는 생각이 들더군요. 집안 형편이 어려워졌어도 빚 보증 액수가 하도 커서 제가 벌어서 보탤 수 있는 수준도 아니었습니다. 아직 고등학교도 졸업하기 전이라 그 업체에서는 한 달 정도 일하고 관두었습니다. 가능하면 자격증을 더 따야겠다는 생각만 들었습니다. 이제부터 내가 살 길은 내 스스로 만드는 수밖에 없다고 생각했지요.

그즈음에 부모님께는 대학교에 원서를 쓰지 않겠다고 말했습니다. 수능 성적표가 나왔고 대학 입시가 연일 방송을 타는데 제가 가만 있는 것도 이상하니까요. 부모님이 혼을 내셨지만 더 뭐라 하시지는 않았습니다. 형과 누나가 대학을 다니고 있었기 때문에 그만 속을 삭이는 것 같았습니다. 한편으로는 두 분이 평생 장사를 하셔서 그런지 제가 일찍 사업해서 먹고살겠다는 말에 수긍하신 게 아닐까 짐작합니다.

저는 학교를 졸업하고 며칠 뒤부터 공사 현장을 찾아다니며 지게차 운전 아르바이트를 시작했습니다. 일당으로 계산하는 일용직이었지요. 급할 때는 하루 종일 일하고 없을 때는 다른 현장을 찾아 갔습니다. 그렇게 일해서 모은 돈으로 전산정보처리 관련 1년 전문가 과정에 등록했습니다. 물론 공부하느라 고생이 많은 형과 누나한테 용돈도 드렸지요.

1년쯤 열심히 공부했습니다. 비록 기능사 자격증을 따진 못했지만 그렇게 열심히 공부하기는 실로 몇 년 만이었습니다. 정말 많이 배웠습니다. 마치 카메라 없이도 세상을 볼 수 있는 창(窓)을 새로 가진 것 같았지요. 새로운 삶을 꿈꿀 수도 있겠다 싶었습니다.

1년 과정을 마치고 유선방송에서 전신주에 케이블 가설하는 일, 건설 현장에서 잡부로 일하면서 세상을 조금씩 배워나갔습니다. 돈을 벌어가면서 세상도 배웠으니 비로소 세상 속으로 들어간 느낌마저 들더군요. 그전까지는 카메라 렌즈로 세상을 포착하느라 현실에서 한 발 정도 거리를 유지했는데 말입니다.

그러나 한편으로 보면 저는 여전히 갈팡질팡하고 있었습니다. 이런 일 저런 일을 두루 경험하면서도 딱히 노동 현장에서 장래를 설계하는 것도 아니었고, 그렇다고 다른 계획도 확실히 서 있지 않았지요. 그래서 일이 많아서 몹시 지친 날 소주라도 한 잔 하면 여전히 앞이 흐릿했습니다.

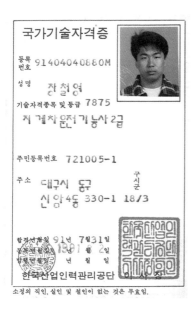
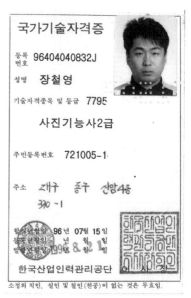

설비 도면은 외우는 거다?

한동안 육체노동 현장을 돌아다니던 저는 냉난방시스템 자동제어 회사에 입사했습니다. 빌딩, 반도체 공장 등 큰 건물의 공기, 온도, 습도를 자동으로 제어하는 시스템을 설치하고 운용하는 일이지요. 지금도 냉난방시스템 자동제어 분야에서 꽤 이름이 있는 중견기업입니다.

입사한 때가 1991년 말쯤이었습니다. 처음에는 거대한 시스템을 설치하고 운용하는 기술을 배워두면 좋겠다는 생각이었습니다. 실제로 전산정보처리 교육 과정이 큰 도움이 되었지요.

당시에도 LG 등 대기업 제품도 있었지만 주로 일본 제품을 수입했습니다. 그런데 저는 시설 도면을 봐도 뭐가 뭔지 알아볼 수 없었습니다. 현장에서 일하는 분들은 오랜 경험으로 작업을 해나가는데 현장을 관리하는 직원이 도면을 이해할 수 없으니 난감했습니다.

팀장이나 과장급 등 윗분들은 다들 알고 계시는 것 같은데 신입 직원한테 굳이 체계적으로 가르칠 여유는 없었지요. 제가 일일이 윗사람들한테 찾아가서 물어보는 것도 한계가 있었습니다. 서점에 참고

할 만한 서적도 별로 없고요. 하는 수 없이 낮에는 일하고 퇴근할 때 도면을 들고 와 집에서 독학으로 도면을 붙들고 늘어지는 수밖에 없었습니다. 일본어로 된 제품 사용설명서와 매뉴얼 책자, 그리고 도면을 놓고 일단 외우는 것부터 시작했습니다.

옛말에도 '독서백편의자현(讀書百遍義自見, 글을 백 번 읽으면 그 뜻이 저절로 이해된다)'이라 했으니 읽고 외우다 보면 그 뜻을 알게 될 거라 믿었습니다.

그래도 정말 이해가 안 되는 내용은 설치 현장에서 일하는 분들한테 일일이 물었습니다. 현장에서 물어보면 금방 답을 찾았습니다. 그러나 현장 기술자에게 물어보는 데도 기본은 알고 있어야 했습니다. 그렇게 집에서 독학으로 매달린 지 3개월쯤에 도면을 웬만큼 이해하는 수준이 되었지요. 왜 이 도면을 설계했는지, 현장에서는 어떻게 적용되는지를 먼저 익힌 셈입니다.

이때 익힌 프로세스도 제 삶의 방식에 크게 영향을 주었습니다. 뒷날 제가 '코픽스'라는 회사를 경영하면서도 그랬고 선거 현장을 총괄할 때도 마찬가지였습니다. 아무리 원칙과 기준이 중요하더라도 현장을 존중해야 한다는 것이지요. 세상에 완벽한 기획이란 없기 때문입니다. 기획에 최선을 다하는 것도 중요하지만 현장에는 그 현장만의 특유한 맥락이라는 게 있다는 것이지요. 굳이 말하자면, 현실을 논리나 이론에 꿰맞출 수는 없는 것이지요.

학습과 이론이 소용없다는 뜻은 아닙니다. 그러나 그 학습이 그냥

'책상물림' 수준에서 멈춘다면 그동안 배운 게 아깝지 않나요. 우리 주위에는 이론과 원리를 먼저 공부해야 한다고 믿는 사람들이 의외로 많습니다. 이론가로 평생을 살아갈 게 아니라면 그 이론을 현실에 맞게 잘 활용하는 게 더 중요하지 않을까 생각합니다.

그렇게 저는 자동제어를 현장에서 몸으로 배우고 익혔습니다. 그리고 군대를 마치고 다시 이 회사로 복귀해서 큰 사건을 겪게 됩니다.

또, 카메라를 만나다

 1993년 2월에 단기사병으로 입대했습니다. 건강은 전혀 문제없었고 체력도 좋았는데 체중이 조금 초과했다고 현역 2급 판정을 받았습니다. 그 정도면 얼마 뒤에 현역으로 가는 게 보통이었는데 웬일인지 저와 신검을 받았던 친구들이 대거 단기사병으로 차출되었더군요.

배속된 곳이 마침 공군군수사령부가 있는 대구비행장이었습니다. 저는 공군 소속의 단기사병이었던 것이지요. 그런데 전투비행대대대에는 사진반이 있었습니다. 군사령부 행사도 많았고, 공군이라 훈련 사진 자체가 공군을 홍보하는 큰 아이템이었지요. 또 신병들 비표를 만들기 위해 증명사진 촬영하는 것도 물량이 많고 번거로운 일이었습니다. 그런데 사진 관련 업무를 하던 반원(하사관 1, 현역 2, 방위 1)이 한꺼번에 전역을 앞둔 시점이었습니다. 반장인 부사관으로서는 당장 발등에 불이 떨어진 상황이었지요.

어느 날, 아버지 연배의, 상사 계급장을 단 분이 다급한 목소리로 저를 찾았습니다. 제가 우렁찬(?) 목소리로 대답하자 다짜고짜 저를

끌고 가더군요. 가보니 사진반 사무실이었습니다. 웬 사진반? 어리
둥절하면서도 아주 깔끔하게 정리된 카메라와 촬영 장비들이 먼저
눈에 들어왔지요. 이게 대체 무슨 일인가······.

사진반 반장님이 젊었을 때는 태권도 교관으로 광주에서 근무했
답니다. 제 아버지와 군대 동기였던 것이지요. 제가 대구비행장으로
배속되자 그래도 군대에 보냈으니 염려가 되었던 아버지가 동기를
찾아서 제 얘길 했던 겁니다. 얘기를 나누다가 제가 오래 전부터 카
메라를 만졌다는 얘기도 했다더군요.

자초지종을 듣고서 저는 좀 멍했습니다. 지금도 그때의, 뭔가 정수
리에 찬물 한 바가지를 덮어쓴 듯한 기분을 느낍니다. 아, 글쎄 사진
반에 끌려오다시피 들어섰을 때 저를 향해 일제히 눈을 마주치던 카
메라의 렌즈들 때문에 더 그랬습니다. 뭐라고 설명할 수도 없는, 사
람과 사람 사이에 맺고 끊어지는 묘한 인연과 계기 같은 것 말입니
다. 지금에야 다 부질 없는 생각이지만, 그래도 만약 방위 입대가 아
니고 현역으로 갔다면, 또 공군에서도 사진을 하지 않았다면 지금의
나는 어디에서 뭘 하고 있을까, 궁금하기도 합니다.

그때 저에게 카메라는 꽉 잠긴 수도꼭지를 여는 것과 같았습니다.
그동안 억눌러왔던 사진에 대한 갈망이 마구 쏟아져 나왔으니까요. 어
쩌면, 그 뒤로 터져 나왔던 대구 상인동 지하철 폭발 사고와 삼풍백화
점 붕괴 사고는 저의 갈망을 최고조로 끌어올렸습니다. 제 삶은 아마
공군으로 근무할 때 결정되었는지도 모르겠습니다.

당신이 생각한 마음까지도 담아 내겠습니다!!

책은 특별한 사람만이 쓰고 만들어 내는 것이 아닙니다.
원하는 책은 기획에서 원고 작성, 편집은 물론,
표지 디자인까지 전문가의 손길을 거쳐
완벽하게 만들어 드립니다.
마음 가득 책 한 권 만드는 일이 꿈이었다면
그 꿈에 과감히 도전하십시오!

업무에 필요한 성공적인 비즈니스뿐만 아니라 성공적인 사업을 하기 위한
자기계발, 동기부여, 자서전적인 책까지도 함께 기획하여 만들어 드립니다.
함께 길을 만들어 성공적인 삶을 한 걸음 앞당기십시오!

도서출판 모아북스에서는 책 만드는 일에 대한 고민을 해결해 드립니다!

모아북스에서 책을 만들면 아주 좋은 점이란?

1. 전국 서점과 인터넷 서점을 동시에 직거래하기 때문에 책이 출간되자마자 온라인, 오프라인 상에 책이 동시에 배포되며 수십 년 노하우를 지닌 전문적인 영업마케팅 담당자에 의해 판매부수가 늘고 책이 판매되는 만큼의 저자에게 인세를 지급해 드립니다.

2. 책을 만드는 전문 출판사로 한 권의 책을 만들어도 부끄럽지 않게 최선을 다하며 전국 서점에 베스트셀러, 스테디셀러로 꾸준히 자리하는 책이 많은 출판사로 널리 알려져 있으며, 분야별 전문적인 시스템을 갖추고 있기 때문에 원하는 시간에 원하는 책을 한 치의 오차 없이 만들어 드립니다.

기업홍보용 도서, 개인회고록, 자서전, 정치에세이, 경제 · 경영 · 인문 · 건강도서

모아북스
MOABOOKS 문의 0505-627-9784

삶을 업그레이드 하는 더 나은 삶 ────────────

리더의 격(양장)

김종수 지음
244쪽 | 15,000원

감사, 감사의 습관이
기적을 만든다

정상교 지음
246쪽 | 13,000원

직장 생활이 달라졌어요

정정우 지음
256쪽 | 15,000원

살아가면서 한번은
당신에 대해 물어라

이철휘 지음
256쪽 | 14,000원

내 손을 잡아줘

김선우 지음
264쪽 | 20,000원

숫자에 속지마

황인환 지음
352쪽 | 15,000원
(2017 세종도서 교양부문 선정)

행복한 노후 매뉴얼

정재완 지음
500쪽 | 30,000원
(2022 세종도서 교양부문 선정)

1등이 아니라 1호가 되라(양장)

이내화 지음
272쪽 | 15,000원

삶을 업그레이드 하는 더 나은 삶 ──────── 모아북스 인문 · 글쓰기 도서

걷다 느끼다 쓰다

이해사 지음
364쪽 | 15,000원

내 글도 책이 될까요?

이해사 지음
320쪽 | 15,000원
(2021 우수출판콘텐츠 선정작)

누구나 쉽게 작가가
될 수 있다

신성권 지음
284쪽 | 15,000원

베스트셀러 절대로
읽지 마라

김욱 지음
288쪽 | 13,500원

손으로 보는 건강법

이 욱 지음
216쪽 | 17,000원

자기 주도 건강관리법

송춘회 지음
280쪽 | 16,000원

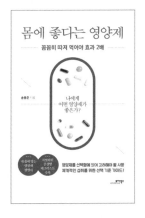

몸에 좋다는 영양제

송봉준 지음
320쪽 | 20,000원

해독요법

박정이 지음
304쪽 | 30,000원

대통령님, 정치하겠습니다

초판 1쇄 인쇄	2023년 12월 20일
2쇄 발행	2023년 12월 30일

지은이	장철영
발행인	이용길
발행처	**모아북스** MOABOOKS

관리	양성인
디자인	이룸

출판등록번호	제 10-1857호
등록일자	1999. 11. 15
등록된 곳	경기도 고양시 일산동구 호수로(백석동) 358-25 동문타워 2차 519호
대표 전화	0505-627-9784
팩스	031-902-5236
홈페이지	www·moabooks·com
이메일	moabooks@hanmail·net
ISBN	979-11-5849-230-4 03810

모아북스 MOABOOKS 는 독자 여러분의 다양한 원고를 기다리고 있습니다.
(보내실 곳 : moabooks@hanmail.net)